—— 作者 ——

戴维·锡德

英国学者、文学批评家，利物浦大学教授。多年从事科幻教学与研究工作，主要研究领域为科幻作品、冷战文化、间谍小说，以及文学与电影的关系。著有《美国科幻与冷战》(1999)、《电影小说》(2011)、《阴影之下：原子弹与冷战叙事》(2013)、《雷·布拉德伯里》(2015）等研究专著，编有《科幻小说指南》(2005）等文集。

[英国] 戴维·锡德 著　邵志军 译

科幻作品

牛津通识读本·

Science Fiction

A Very Short Introduction

译林出版社

图书在版编目（CIP）数据

科幻作品 /（英）戴维·锡德（David Seed）著；邵志军译. —南京：译林出版社，2023.1

（牛津通识读本）

书名原文：Science Fiction: A Very Short Introduction

ISBN 978-7-5447-9315-5

Ⅰ.①科… Ⅱ.①戴… ②邵… Ⅲ.①幻想小说－小说研究－世界 Ⅳ.①I106.4

中国版本图书馆 CIP 数据核字（2022）第 127229 号

著作权合同登记号 图字：10-2013-27 号

科幻作品 ［英国］戴维·锡德 / 著 邵志军 / 译

责任编辑 杨雅婷
装帧设计 孙逸桐
校　　对 孙玉兰
责任印制 董　虎

原文出版 Oxford University Press, 2011
出版发行 译林出版社
地　　址 南京市湖南路 1 号 A 楼
邮　　箱 yilin@yilin.com
网　　址 www.yilin.com
市场热线 025-86633278
排　　版 南京展望文化发展有限公司
印　　刷 南京新世纪联盟印务有限公司
开　　本 850 毫米 ×1168 毫米 1/32
印　　张 5.625
插　　页 4
版　　次 2023 年 1 月第 1 版
印　　次 2023 年 1 月第 1 次印刷
书　　号 ISBN 978-7-5447-9315-5
定　　价 59.50 元

序　言

吴　岩

科幻是科学和未来双重入侵现实所产生的叙事性文艺作品。科幻观察和记录科学入侵后现实的改变，这种记录当然不会没有情感参与。在很多情况下，科幻一方面褒扬现实，另一方面也批判现实。很难说当代科学技术的发展没有受到过科幻的关注，从电子技术到核能利用，从生物技术到人工智能，从宇宙探索到纳米建构，从催眠冬眠到时间旅行，科幻作品在描述现实中批判现实，更在抚慰焦虑的心灵之后，提出遥远的发展蓝图。

虽然科幻作品在当今文化产品中占据如此重要的地位，但人们对这种作品的独特性仍然缺乏了解。一个特别有趣的现象是，几乎所有读过或看过科幻作品的人都会给这类作品下一个自己的定义，但对这个定义是否合理恰当却没有多少信心。此外，人们还常常对科幻文艺到底覆盖了多大领地表示怀疑。面对这些现象，市面上急需一本简明扼要，能站在学术高度反映科幻历史和现状的通识性读物。锡德的这本《科幻作品》恰恰填补了此项空白。

把《科幻作品》列入这些年我读过的最佳科幻入门书，应该不会有错。这本书具有以下三大特点。

《科幻作品》的第一个特点是覆盖全面。对于入门读物而言，在短时间内让人把握一个领域的全貌尤为重要。探索世界科幻文学的产生，有的人会追溯到16世纪甚至更早的时间。但多数人会认为，是文艺复兴和启蒙运动之后欧洲社会的巨大变化，使科学的认知方式逐渐走上历史舞台，特别是从伽利略以后，科学能力日益彰显，系统化的实验方法导致了过去长期分离的自然哲学跟技术之间的融合。科技联姻推动了人类探索自然方式的整体提高，原本停滞的社会开始加速前进。这一巨大的变化，配合了法国《人权宣言》和美国《独立宣言》等思想解放的认知，触动了一批敏感作家的神经，世界上第一批科幻作品由此而生。

如果说科幻在欧洲出现在相对主流的文学阵营之中，那么这一文类从欧洲走向美国的过程，则是它从正统文学走向通俗文学的过程。虽然像爱伦·坡这样的美国作家也曾尝试创作很有科幻色彩的作品，但从整体来看，20世纪20年代美国通俗文化对欧洲科幻的接受和改造，对后世产生了巨大影响。科幻不再是正统文学，而成了通俗文学的一个分支，这使它获得了前所未有的大众影响力，更铺平了它从书写文学走向影视文化的道路。在美国的科幻教科书中，科幻被定义为“20世纪的文学”“美国的文学”，其原因大概就是这样。

要把握科幻这个文类的当前状况，必须注意两点。首先，科幻产业正在转型，即从以小说为主要媒介转向以电影为主要媒介。在今天，科幻产业的主要盈利点集中在科幻电影、电子游戏、主题公园，小说反而只占很少的盈利份额。其次，正统文学跟通俗文学之间有关科幻的对战正在走向终结。曾经把科幻当成一种正统文学的欧洲，在20世纪60年代发生过一次使通俗科幻回归正统的“新浪潮”运动。“新浪潮”的成功，导致了许多国家的主流文学大奖都开始颁发给科幻文学。但与此同时，作为类型文学或影视的科幻小说作品，也大力借鉴了主流创作方式。以20世纪80年代兴起的赛博朋克小说为例，这种作品既能获得主流文学批评家的认可，也能吸引大众阅读。杰克·伦敦、威廉·戈尔丁、库尔特·冯内古特、多丽丝·莱辛、玛格丽特·阿特伍德、村上春树等著名作家所进行的“低劣”科幻创作，也获得了“翻案”。而艾萨克·阿西莫夫、阿瑟·克拉克、罗伯特·海因莱因、雷·布拉德伯里、布赖恩·奥尔迪斯、J. G. 巴拉德、威廉·吉布森等纯科幻作家，现在越来越被主流文学批评界所认可。

面对这种多元化的局面，一本横跨多领域、多题材、多体裁、多媒介形式、多表现手法的科幻入门读物，全面整合多种信息，真是对读者的最好帮助。

这本书的第二个特点，是内容精准。究其原因，是它非常严肃地反映了过去几十年科幻研究的各种进展。据我所知，科幻研究最早是从读者来信、作家自我表述或同人杂志上读者之间的相互讨论开始的。直到20世纪60年代末至70年代初，文学批评界才让科幻这个文类登堂入室。在这方面，一系列马克思主义理论家功不可没。达科·苏恩文、弗雷德里克·詹姆逊等可能是这个领域中名声最大，研究成果最丰富的学者。马克思主义者从批判资本主义基本矛盾的角度出发，到科幻中寻找更好的蓝图方案，这一做法非常恰当。女性主义是另一个非常重要的科幻批评流派。借助科技时代的种种进步来观察性别状况的改进或全新未来，给女性主义带去了很多新的设想和进路。生态主义者是科幻文学领域中出现较晚，但作用很大、很有未来发展前途的理论家。还有后人类主义者，他们重点考察人类在技术状态下怎样蜕变成新人。我感谢锡德所撰写的这本书把上面诸多研究的结果都纳入其中。通常，一本写给普通人的小册子不太会涉及许多学术研究的成果，而写给学者专家看的著作不太会讲述故事的前因后果和创作掌故。但锡德的做法通俗中见学术，学术中套通俗。

这本书的第三个重要特点，当推简明扼要。我喜欢没有废话的书。在这样一个注意力紧缺的年代，所有人都惜时如金，而锡德能把一部通俗著作写得这么简明，着实是想要对得起大家的购书选择。选材的精练是全书的特征之一。在简单讲述了科幻的定义、内容和范围之后，作品迅即进入一些特别具有代表性的题材，对其进行阐述。科幻作家最喜欢拓展天地，因此，即便这些题材范围较小，其实创作内容也包罗万象。不过，作者的大刀阔斧给人留下深刻的印象，只有最重要或最精到的内容才会被他奉献给读者。当然，简明不等于蜻蜓点水，在一些特别重要的点上他还是花费了大量时间和字数，像对著名作家克拉克的创作讨论，就占据了较长的篇幅，这是出于作者对相关内容在科幻文化中的位置所做的评估而精心设计的。

我个人认为，这本著作的美中不足，是缺乏对中国科幻文学历史、现状、基本争论和发展前景的展示。在十年之前，这样的批评可能还只是一种过分的苛求，但最近十年，中国科幻的发展引发了全球关注。美国前总统奥巴马、“脸书”的总裁扎克伯格都成了中国科幻的粉丝，一个在专访中多次提及，一个在网络上多次推荐。在这样的情况下，我想用一点篇幅，简单讲讲中国科幻文学的历史和现状，以便帮助读者更好地定位科幻版图上的中国与世界。

中国的科幻文学到底发源于怎样的时代，在过去的几十年中一直存在着争论。一种观点认为，科幻作为一种基本的题材或内容叙事，是古已有之的。《列子》就记载了“世界上第一个机器人”的故事，而嫦娥奔月、后羿射日、夸父逐日、女娲补天等神话之中也蕴含了科幻产生所必需的资源，这些资源包括对自然的关注、对人能成功超越自然力量的肯定。此后，《西游记》《封神演义》《镜花缘》等带有明显想象色彩的作品持续传承了中国想象力。一些志怪小说还包含神奇的药物、自主的机器、历史穿越等今天常见的科幻设计。在这些文学传统和早期尝试的基础上，中国作家逐渐摸索创作了诸如《荡寇志》《新石头记》等跟科技融合的作品。这就是科幻的先声。遗憾的是，我们对上述文学传统如何发展，特别是作品提到的内容跟科学之间的关系，知道得还太少。另一种观点（也是当前多数人的观点）认为，科幻是晚清小说家在接触到西方科技文化甚至科幻作品后开始尝试的一种具有独立文类追求的作品类型。在这方面，不得不提到1902年梁启超和1903年周树人对这个文类的提倡。在他们的努力之下，1904

年，荒江钓叟创作了《月球殖民地》。次年，东海觉我创作了《新法骡先生谭》。从晚清到民国，中国科幻小说逐渐从一种混迹于主流文学的作品形式中独立出来，走向以科普和鸳鸯蝴蝶故事为基础的通俗作品形式。新中国的成立给科幻小说的发展引导了一条新的通路。在"文革"前的十七年中，中国科幻小说在学习凡尔纳和苏联科幻风格上面大有发展，出现了一些很有才华的作家。但遗憾的是，这一时期的作品基本上都是短篇小说且多是写给儿童看的。"文革"结束之后，中国科幻小说进入了第一个发展高峰。以叶永烈的《小灵通漫游未来》、童恩正的《珊瑚岛上的死光》、郑文光的《飞向人马座》为代表的一批作家作品获得了读者的广泛青睐。科幻小说的主题从简单的科学普及和儿童教育，拓展到对社会和历史的关注。十分遗憾的是，1984年以后，中国科幻小说的发展遇到了阻碍，一些人从科学性和政治正确性方面批判了整个文类。这次批判使繁荣的科幻文学受到重大伤害。幸好，从20世纪90年代之后，特别是邓小平南方谈话之后，我国的科幻事业开始了新一轮的上升。在《科幻世界》杂志的大力推动之下，一批全新的作家登上了创作舞台。以刘慈欣、韩松、王晋康、何夕等为代表的科幻作者群体的成熟，加上"80后""90后"作家的崛起，使中国科幻的数量和质量获得提升。刘慈欣的《三体I》获得美国科幻小说雨果奖之后，郝景芳的《北京折叠》又再次获奖，一大批科幻小说被翻译成各种文字，在全世界出版或发表；在当今的世界舞台上，伴随着国家的强盛，中国科幻文学的影响力也在提高。2016年，中国第一次召开了国家级的科幻大会。

把科幻当成一种未来发展的战略基础，必定会对国家的创新文化建设、创意文化发展起到积极作用。我觉得，在不远的将来，如锡德修订这本小书，中国科幻在世界的介入不会被他敏锐的目光所落下。

是为序。

2017年4月6日

目 录

前 言

科幻作品极难定义，这点已有定论。雨果·根斯巴克认为科幻是爱情故事、科学、预言的结合，罗伯特·海因莱因将之定义为“对未来事件的现实主义推想”，而达科·苏恩文认为它是为读者所处环境提供想象性替代的文学类型。还有人称之为奇幻小说和历史文学的结合。如此种种，不一而足。本书无意于给科幻下一个单一的定义，以此来囊括该词条下的各种解释，因为这么做显然荒唐不合理。在此我将对这篇前言所使用的一些基本假设做些简单的说明。首先，将科幻作品定义为一种文学类型是有问题的，因为有许多科幻作品杂糅了几种文类。所以，不如把科幻作品当作各种文类和亚文类交汇的一种模式或领域。其次，就是科学的问题。在20世纪早期的数十年里，很多作家试图把小说与科学联系在一起，甚至把科幻当作科普的一种形式，这就是所谓“硬科幻”的前身。科幻中对应用科学，也就是技术，有极其广泛的讨论，这是因为每一项技术革新都会影响到社会结构和人类行为的性质。科幻作品常常把技术与未来联系在一起，但这并不意味着科幻就是关于未来的。如果问“阿瑟·C. 克拉克是不是搞错了”这样的问题，就表明对科幻小说的认识尚未入门。科幻小说立足于作者的当下，这就是说任何历史时刻都包含了时代自身的期望和该时代的人所感知到的趋势，科幻中表现的未来一定会体现该时代自身的想象维度。乔安娜·拉斯对科幻的阐释就是“假如文学”，与之类似的是，身为作家兼批评家的塞缪尔·德拉尼用“虚拟性”这个术语来描述科幻，以此来解释科幻如何将自身定位成介于可能与不可能之间的叙事。如果我们把科幻理解为一种思想实验的具体表达、对惯常现实的变形或悬置，这样可能会有所裨益。

关于科幻本质的激烈争论通常发生在科幻从业者圈内，这甚至可以被当作科幻界的典型特征。这些观点的交锋常常是围绕科幻的地位展开的，即科幻是由“通俗”的还是由“主流”的小说构成，尽管这些用词在当代出版的科幻作品的多样性中已逐渐失去了意义。这些争论也可能是关于科幻的历史和视野的。20世纪70年代兴起的女性主义科幻浪潮构建了一个向后看的传统，像夏洛特·珀金斯·吉尔曼这样的作者重新进入了读者视线。科幻作家常说科幻小说正在日益取代现实主义小说的地位，科幻故事是最入世、最有社会责任感的文学类型，是对现代技术环境最敏感的文学类型。托马斯·M. 迪施的《梦想构成的现实世界》（1998）的书名来自莎剧《暴风雨》中精灵爱丽儿的话，在这本书中，他提出科幻已经渗透到社会的各个层面，尤其是娱乐产业。

本书无法提供科幻的历史，也无意于此，因为很多优秀的科幻史作品早已印行于世。本书的意图在于将所选的科幻作品与其所属的不同历史时刻联系起来，以此展现科幻作品的演变历程。首先，科幻的诞生就是个引起广泛争议的话题。有些历史书把这个起点推回到萨莫萨塔的琉善在2世纪所著的《一个真实的故事》，这部作品描绘了太空漫游和某种类型的星际战争。有的历史学家则认为这个起点位于文艺复兴时期，代表作是托马斯·莫尔的《乌托邦》（1516）和弗朗西斯·戈德温的《月亮中的人》（1638），或者位于工业革命时期，代表作是玛丽·雪莱的《弗兰肯斯坦》（1818）。还有人则提出了另外两个悬而未决的起点：从1870年左右开始算起的19世纪晚期，以及20世纪早期——这是“科幻”之类的标签首次被使用的时候。第二种看法将“科幻”这个描述性的标签和需以此类描述来指称的一系列叙事实践混为一谈。科幻的古代起源提出了文化传统方面的不同问题，这些例子最好被视作“原始科幻”。文艺复兴和19世纪早期的作品同我们现在所定义的科幻更加接近，可算是“科幻原型”。这些作品对于科幻演变的历史具有不言而喻的重要意义，但是，文学史家和小说家为了充实其分类依据而去挖掘先驱之作，也是常见的做法。

本书将依据这样一个假设：我们现在所称的科幻始于19世纪晚期，当时乌托邦小说、未来战争叙事以及可以归入科幻这个大类的其他类型的代表作品层出不穷。教育的普及为英国大量的科幻作家奠定了商业基础，此外，从1870年前后到第一次世界大战期间，科技迅猛发展，电力首次得到广泛应用，飞机面世了，无线电和电影发展起来了，通俗报刊也普及了。这个时期也见证了美国以帝国主义的形象登上世界舞台，而其他欧洲或者亚洲的老牌帝国则充当了其对手。在这些年里，一批作品带着鲜明的主题和特征，成为具有辨识度和商业生存能力的文化产业的特色产品，有时还获利丰厚。这批作品后来就成了所谓的科幻。目光敏锐的读者一定会发现，到目前为止，我所举的例子除了琉善之外，都是英国或美国的作家，而本书也将主要关注英语文学作品，同时也讨论像儒尔·凡尔纳和斯坦尼斯瓦夫·莱姆这样的作家，因为他们的作品通过译本在英语世界流传甚广。说美国主宰了科幻界可能是老生常谈了，但在本书中，读者会发现我还是会反复提及H. G. 韦尔斯，把他当作科幻发展史中起到形成性作用的英语作家。我声明，我所选择的例子，大部分都来自英国和北美。

本书还有最后一个方面提请大家注意，“科幻”这个标签实际上涵盖了为数众多的媒体上所刊载的作品，其中包括了大量的戏剧和诗歌。科幻诗歌协会成立于1978年。20世纪20年代和30年代是“廉价通俗小说”的鼎盛期，杂志用纸品质低劣，美国此时出现了科幻漫画，后来英国的《老鹰》杂志等出版物将其发扬光大。接着又出现了科幻游戏，战争类游戏是比较特殊的例子，其历史可以追溯到19世纪普鲁士的军事演习。自20世纪80年代以来，使用先进的电脑技术和虚拟现实资源所开发的角色扮演游戏迎来了繁荣期。在本书最后一章我们会看到，自20世纪70年代以来一大批科幻作品，尤其是科幻电影，通过共同的特许经营渠道被生产出来。本书主要讨论已出版的科幻小说，但也会关注科幻小说的孪生媒介——科幻电影。电影发明出来没有多久，科幻主题的实验就开始了，例如1902年乔治·梅里爱的《月球旅行记》。这两种媒介的演化沿着两条平行的线路进行，自第二次世界大战以来很多科幻小说都被改编成了电影。

本书内容分为六个部分。第一章讨论太空漫游和其他领域的冒险，这些冒险之旅体现了科幻作家所想象的向外进行的探索；在这个过程中他们有可能会遇到异族，而第二章将以此为主题，异族的总体概念在这一章中将得到分析，尤其是在建构或然社会身份的过程中；第三章继续研究科技在科幻中的复杂作用；第四章接着讨论乌托邦和敌托邦——这两个概念加在一起构成了一个重要的科幻传统；第五章分析科幻与过去、未来的关系；第六章把科幻小说当作作家与批评家的共同体，他们不断争论并定义着科幻领域的实践。

第一章

太空漫游

说起科幻小说，我们首先想到的意象之一就是太空飞船，我们最先期待的故事情节当中就有太空之旅。无垠的宇宙为小说家展开想象提供了无穷的余地。纵观历史，托马斯·莫尔的《乌托邦》或《格列佛游记》中的航海活动与太空飞行之间有一种明显的承继关系。两者都是漫游，都具有内在的系列性质，因为这样的活动都发生在漫长的时代转折期之间。确实，在早期科幻中，使用反重力装置是快速飞跃遥远距离的不言而喻的法宝。西拉诺·德·贝热拉克的姊妹篇《月亮国度》（1657）和《太阳国度》（未完成的遗作），都以从地球开始的火箭之旅作为叙事的构架，但是他们关心的并非解释火箭技术或谈论旅程本身，而是作为目的地的世界。

在这些作品和许多后继作品中，太空漫游起到了让人类对日常世界感到陌生、产生疏离感的作用，让人能够以外部视角（通常带有反讽性质）来看地球。在这两本著作中，贝热拉克的旅行者被迫重新审视他对地球价值观的预设，而在月球居民的眼中，这位旅行者不过比猿猴好那么一点点。后来的一部科幻作品则展示了这两类漫游之间的承继性。约瑟夫·阿特利的《月亮之旅》

(1827)描述了一位美国商人的儿子如何踏上前往中国广州的行程，但是又在缅甸的海岸遭遇船难的故事。他和当地的一位婆罗门交好，后者向他透露了太空旅行的秘密和月球上有居民的真相。随后，两人乘坐铜盒状飞行器前往月球，而小说的其余内容就是这位叙事者在婆罗门指点下对月球文化的体验。在故事里，这位婆罗门指出了月球文化和美国文化的诸多差别。

最后一个著名例子能够澄清此类小说中的换位效果。大卫·林赛的《大角星之旅》(1920)再次草草描述了旅行本身——通过鱼雷状的水晶从苏格兰飞跃到一颗有居民的星星。该旅行包括了一系列事件，旅行者马斯科尔在这颗全新的行星上经历了各种感觉体验，如长出第三只眼带来的知觉。在该书和其他许多著作中，太空之旅提供了一种进入其他世界的方便途径，而这些世界又为形而上学思考和文化反思提供了场所。

科幻从其发展历史的早期阶段起就表现出了一种不断翻新的自我戏仿倾向。埃德加·爱伦·坡在科幻原型的演进过程中扮演了一个重要角色，他的骗局故事《汉斯·普法尔历险记》(1835)借用了传统的神奇地外漫游故事类型来制造喜剧效果。该小说以“采编”叙事的方式讲述了一位荷兰科学家借助外覆密封袋的空气冷凝器飞向月球的故事。离奇的叙事内容盛行于19世纪，一直延续到H. G. 韦尔斯的作品当中，而这种假借编辑的故事框架则被作家们当作抵消离奇内容的一种策略。爱伦·坡通过这种写法赋予其小说一种荒唐中透着可信的效果，他还机智地模仿科学描述的笔触，描写了太空飞行中地球愈远愈小而月球愈近愈大的景象。

19世纪旅行小说的最高峰还是儒尔·凡尔纳，他和科幻小说之间的关系到现在还有争议。他的"奇异旅行"系列故事并非以未来为背景，小说试图以渐进的方式绘制全球地图，旅行是达到这个目的的主要手段。凡尔纳的《从地球到月球》及其续集《环游月球》（皆英译于1873年）和科幻有着密切的联系，都是对美国佬科技创新能力的赞颂。书中的大炮俱乐部成立于美国内战期间，它致力于开发武器，在小说中这种动力又和想象中的登月的吸引力联系在一起。大炮俱乐部的主席巴比康先是引用了一批模糊了科幻与非科幻界限的作家，如爱伦·坡、弗拉马里翁的作品，甚至包括赫舍尔在1835年所写的骗局故事，接着宣布了用超级大炮实现登月的计划。这架自动推进武器的名字叫哥伦比亚，与一架已经在美军中服役的大炮重名，但是其历史渊源同乔尔·巴洛写于1807年的纪念美洲发现者哥伦布的同名诗歌是一样的。这是美国的项目，资金却是从欧洲筹集来的。和后来的"阿波罗"登月任务一样，发射在佛罗里达州启动，从这一刻起，小说就开始暗示月球上存在生命的可能性，但是小说的叙事优先描写了新视角下两个星球的景观和月亮上的火山。当宇航员成功回到地球之后，人们开始计划成立国家星际通讯公司来为随后的太空之旅定下商业协议。

空心地球

早期科幻中的虚构探险有三个主要的背景：地球自身、近地太空和地球的内部。空心地球叙事在19世纪晚期发展成独立的科幻亚类型，虽然这个概念曾经出于奇想或讽刺的目的而在更早的一些作品中出现过。这种叙事在一定程度上源自小约翰·克利夫斯·赛姆斯的理论，他相信地球在南北极都有入口。该理论的通俗名称是赛姆斯洞，亚当·西伯恩的《赛姆佐尼亚：发现之旅》（1820）对之进行了表述，这部小说的作者据说可能就是赛姆斯本人。到19世纪末，科幻界已经出现了一阵空心地球的热潮，其中包括爱德华·布尔沃–利顿的《即将来临的种族》（1871），此书讲述一个年轻的美国人从矿井跌落，发现自己身处一个以迫近的未来为表征的世界。在这种文化中，女性远比当前独立，而一个优等种族则使用一种类似电力的动力，它叫作"维利"。

《爱提多法》（即阿佛洛狄忒）出版于1895年，作者约翰·尤里·劳埃德是辛辛那提的一位药理学家。这本书在空心地球叙事中独树一帜，它并没有描述一个独立的文明，却描绘了一系列超现实的幻象。这个故事结构精巧，以一位曾遭遇绑架并被运往地心的白发老人为讲述者。老人第一眼看到的东西之一是"真菌森林"，五彩斑斓的巨型蘑菇矗立在他面前，定下了整部小说的基调，而全书内容就是旅行者在一个个梦幻场景之中不断地移动。这种突如其来的超现实转化同任何可想到的地下参观导览毫无关联。这种维度上的转换，对气味、声音的注意，让一些评论家认为，《爱提多法》和迷幻剂所引发的幻象是如出一辙的。

空心地球叙事往往想象出一个能够保留很多地面生活特

征的地下世界，却忽略了物理学上的困难。例如，埃德加·赖斯·伯勒斯的“佩鲁希达”系列小说（始于1914年）向读者提供的关于地球内部的经典描写，就把“原始”种族、热带风情的地貌和史前生物混合在了一起。地球内部的地形描写成就了男女主人公的异域冒险，也便于展现返回史前时代的奇幻之旅，这与其他类型的小说将人物的行动置于作者当前时代可能性范围之内形成了对照。威廉·R.布拉德肖于1892年出版小说《阿特瓦特巴的女神》，此书以当时有关北极探险的新闻报道为蓝本，描写了一个拥有高等文明的地底世界的发现过程。美国内战爆发的时候，一支由美国人领导的探险队为帝国“拯救”了这片土地，开拓了令人目眩的商业开发前景。这部小说带有大部分空心地球叙事所共有的异域风情，但是不同寻常的地方是作者不加掩饰的观点，即这个神秘的异世界有待征服。

科幻和帝国

约翰·里德和科幻领域的其他学者把科幻在19世纪末的兴起同帝国的鼎盛时期联系在一起。里德认为，自1871年以来，科幻开始发展出自己的“家族相似性”，并由此开始建构自己作为一个独立文类的身份。约翰·雅各布·阿斯特四世的《异世界之旅》（1894）为帝国和太空旅行之间的关联提供了一个明晰的例子。小说的背景为2088年，那时候美国已经取得了世界霸权。小说中一位踏上冒险征程的太空旅行者认为自己肩负着延续技术胜利和领土扩张的国家使命。在飞行过程中，他的发现越来越奇异，在木星上他发现了乳齿象，在土星上则发现了龙和精灵。在太空之旅结束时，这艘飞船飞回了母星，受到了如痴如狂的欢迎。阿斯特对帝国的热情并非局限于小说，1898年美西战争期间，他资助了一支志愿者部队去古巴参战。他的民族主义体现了世纪之交冒险小说所具有的一种普遍特征，即这类小说从来就不是秉持公正的。不管它们名义上的动机是科学还是探险，骨子里最终还是充斥了帝国主义的掠夺欲望。

20世纪早期，冒险小说的一种亚类型从发现失落世界的主题中浮出水面。阿瑟·柯南道尔的《失落的世界》（1912）确立了此类小说的文类标签和写作模式，这本书描写了查林杰教授如何在亚马孙盆地的腹地发现了一处高原，其中生活着史前生物和原始的猿人。追随柯南道尔故事的是1916年埃德加·赖斯·伯勒斯的《被时间遗忘的土地》，它的情节重复了类似的发现之旅，只不过地点改为南极洲。在小说中，主人公遭遇了类人生物，但是不是人则不得而知。

> 该生物同猿的相似之处要大于同人的相似之处。其硕大的脚趾侧突的方式与婆罗洲、菲律宾以及其他存在原始部落的荒凉地区的半林栖人类是一样的，其面部特征则介于爪哇直立猿人和萨塞克斯史前时期皮尔丹女人之间。

这位旅行者在过去和现在之间踌躇，虽然他的不确定感从来没有动摇他对自身进化优越性的隐秘信念。失落种族小说往往以冒险的形式展示帝国主义的探险和发现之旅，该亚类型的主要推动者是H. 赖德·哈格德，他的《所罗门王的宝藏》（1885）及其续作描述了隐藏在非洲内陆的令人难以置信的世界。这些故事都被描述为“攫取的狂想”，其中的冒险家们以对领土的贪念和性欲为驱动力，一位美丽的公主是必备的元素，侵略和征服被有计划、有步骤地歪曲为溯本追源或拿回自然的馈赠。关于失落种族的故事也被认为是时间旅行故事，因为在这些故事里冒险家们会遇到早期人类。在康拉德的《黑暗的心》（1902）里，马洛自发地进入了非洲内陆，回到了进化的起点。故事中最有戏剧性的一刻当属他勉强地承认自己与某个土著之间存在亲缘关系。显然，失落世界叙事预示着一个重大的科幻主题——遭遇异族（外星）文明，下面一章将讨论该主题。

太空歌剧：星际战争

根据帝国主义的逻辑，行星都是有待征服的，所以星战小说在帝国主义巅峰时期应运而生就并非巧合了。实际上，太空歌剧的核心就是冒险故事范式，这个核心被认为是探险和殖民征服的神话表现形式。在匿名作者创作的《海外来客》（1887）中，美国征服了整个地球，地球上的殖民者渐次飞往了月球、金星、火星、木星、土星和小行星。该小说为后来的科幻作品确立了一种模式，它把行星当作假想中的国家或者殖民地，从而把地球上的领土争端移置到了太阳系。星球之间爆发了贸易争端，但是并没有继以战争，这点不同于罗伯特·威廉·科尔的《帝国反击》

（1900）。科尔的这部小说以2236年为时代背景中的起点，展示了英国强权下的宇宙和平，这么说是因为在小说中是盎格鲁-撒克逊人统治了世界，他们发明了用于太空航行的“星际飞船”。当时，地球和天狼星之间爆发了战争；天狼星上的居民和人类在各方面都相似，但是他们的战争科技更加先进。庞大的天狼星舰队击败了地球帝国，迫使地球帝国退守大本营，而伦敦遭到了轰炸。看起来伦敦和整个帝国已经注定要失败，但是一位英国科学家发明了一种发射冲击波的装置，突然间决定性地改变了战局。盎格鲁-撒克逊人再次征服了太空并且轰炸了天狼星人的都城，迅速地征服了天狼星。

这些早期的太空帝国想象为后来所谓的“太空歌剧”定下了基调。两次世界大战之间，太空歌剧故事开始出现在廉价的通俗刊物上。“太空歌剧”这个词出现于1941年，首先是用来批判科幻小说的，在20世纪80年代之前它一直都是个贬义词，后来才被重新定义，用来指代科幻冒险叙事。在其词义发生变迁的时期，太空歌剧经历了一次复兴，涌现了诸如伊恩·M. 班克斯、大卫·布林和丹·西蒙斯这样的作家，他们把太空歌剧这个科幻亚类型发展为一种更加精巧的叙事模式。两次世界大战期间，诞生了两部特别重要的太空歌剧。第一部由两个相关的故事构成，菲利普·弗朗西斯·诺兰在1928年至1929年发表了这两个故事，推出了安东尼·罗杰斯这个人物，没多久，该人物在随后的连载漫画中又改名为巴克。

在合订本《善恶大决战：公元2419年》中，主人公在美国成为最强大国家之际进入休眠，到了25世纪又苏醒过来，发现自己的国家在残忍的种族的统治下已经成为废墟。诺兰的故事从本质上来说是增添了未来武器的“黄祸”故事。随后发生的事情就是巴克为美国和全世界争取自由，一劳永逸地击败“全世界最邪恶的种族”。巴克·罗杰斯这类货色能够在20世纪70年代死灰复燃，其原因我们马上就能看到。太空歌剧的第二部形成性叙事也来自同一个时期，那就是E. E.“多克”·史密斯的《太空云雀号》(1928)，这部作品为设立太空歌剧常规的主角做出了贡献。理查德·西顿既是科学家又是运动员，是一位“天生的斗士”，简而言之，是一位干练的行动派。在小说的开篇，西顿发现了太空航行所需要的能量，一艘太空船由此得以建成，这艘船即书名中的“云雀号”。这标志着现代性在科幻作品中的登场，在早期的太空旅行描写中，个人的激情是促成太空船建设的主要因素，它在这里已经为商业模式所取代。每一个英雄都需要一个恶棍作为对手，在这部小说中，坏人的角色由世界钢铁公司寡廉鲜耻的代表所扮演，这个家伙驾驶“云雀号”的复制品飞向了太空，同船的是不幸的多萝西——西顿的女友。小说的前半部分讲述了西顿如何追踪该飞船并营救多萝西，从那时起，“云雀号”就飞临不同的星球，有些星球上面的居民自己就拥有尖端的飞船。经过一系列伯勒斯式的被俘和脱逃，我们的主人公安全地带着伙伴们回到了地球。

这两部作品放在一起，就构成了太空歌剧的基本特征：理想化的男主角、未来武器（如激光枪）、异域色彩浓厚的意外情节和

图1 《巴克·罗杰斯在公元25世纪》(1933)的封面

黑白分明的善恶斗争。乔治·卢卡斯在1977年的《星球大战》电影中就运用了这些元素，将巴克·罗杰斯同来自黑泽明电影的战斗场景结合了起来，其情节发展借鉴了约瑟夫·坎贝尔的研究著作《千面英雄》。“星球大战”系列取得了前所未有的巨大商业成功，除了拍摄续集和前传之外，又催生了其他的电影和动画片、大量的衍生系列小说、电影索引指南，以及林林总总的电脑、视频游戏。20世纪60年代的电视剧《星际迷航》也在一定程度上受到了巴克·罗杰斯冒险故事的启发，但其剧情是由“联邦星际进取号”所做的一系列具有开放式结局的太空漫游构成的，用《星际迷航》当中的金句来说，“进取号”就是要“勇敢地前往无人涉足之地”。像哈伦·埃利森、西奥多·斯特金这样的科幻作家也入了写剧本这行，他们创作的剧集往往围绕遭遇外星文明的主题，这些系列片中的第一部讲述了地球人在太空中遭遇一艘外星飞船，船员是像人类孩子一样的生物。同“星球大战”系列一样，《星际迷航》也催生了几部电视连续剧、大量的小说和根据电视剧改编的小说。

《银河英雄比尔》对雅罗斯拉夫·哈谢克的《好兵帅克》做了未来版的重述，哈里·哈里森在这部小说里戏仿了太空歌剧中的军国主义和男权主义。比尔是误打误撞地加入了星际舰队，虽然他申辩说自己“不是当兵的料”。在一系列流浪汉小说式的冒险中，他遭遇了各种滑稽场面，他所呈现出来的品质与传统英雄气质相去甚远。波兰作家斯坦尼斯瓦夫·莱姆塑造的宇航员以云·蒂希和比尔异曲同工，这个人物描述了自己经历过的时间循环，参加过的银河行政会议，以及在其他星球的冒险活动。莱姆的写作风格冷峻素朴，同太空歌剧对英雄事迹的痴狂形成了一种讽刺性的对比。

宇宙飞船

从乔治·梅里爱1902年的电影《月球旅行记》起，宇宙飞船就成了科幻的关键符号象征之一，其流线型的火箭设计，是对自由和逃离的承诺。弗里茨·兰的《月球上的女人》（1929）描述了让一对恋人最终困于月球的太空漫游，在最后一幕，他们互相拥抱，电影达到了浪漫的高潮，同时也预示了迫近的死亡。这部电影首次使用了火箭倒计时发射，托马斯·品钦《万有引力之虹》（1973）中V–2火箭发射用的就是这种计时法，火箭工程师赫尔曼·奥伯斯特为此提供了技术咨询服务。埃德温·巴尔默和菲利普·怀利合著的小说《星球大冲撞》（1933）中，宇宙飞船充当了救生船的角色。两颗流浪星球被发现正朝地球而来，其中一颗接近地球时，巨型潮汐波、飓风、火山喷发这样的灾异迹象在地球上呈倍增效应。此时地球人建造了一艘宇宙飞船来救幸存的人类脱离险境，飞船刚刚发射出去，船上的人就目睹了地球的毁灭。但是他们发现第二颗星球实际上是可以住人的，而且这个新地球上显示出生命存在的迹象。这部小说在重新开始生活的乐观希望中结束，其乐观主义实际上掩盖了人类在这颗星球上活下去所要面临的无数实际问题。

在20世纪的上半叶，太空漫游占据了科幻的主流位置，A. E. 范·沃格特的《"小猎犬号"太空漫游》（1950）是其中最有名的小说之一。这部小说是作者之前所写短篇小说的合集，书名致敬了达尔文周游世界时所写的博物学日志《"小猎犬号"航海日记》

图2 弗里茨·兰《月球上的女人》(1929)的电影海报

(1839)。范·沃格特笔下的漫游是为耐克希尔基金会进行的科学发现之旅，作者使用了达尔文的假设，即同其他物种的接触会导致冲突。“小猎犬号”宇宙飞船经历了四次外星文明接触，一次比一次虚幻：第一次是同一种猫一样的生物，第二次是同一种具有心灵感应能力的鸟类，第三次是同一种生活在太空中并且想要在人类宿主身上产卵的生物，最后是同一种存在于太空中的至大无边的意识。范·沃格特的情节描写多以外星文明接触为重，他这部小说同时也是首批描写宇宙飞船船员们一起工作的小说之一。

对传统的宇宙飞船形象做出了重要修正的小说是安妮·麦卡弗里的“海尔法”系列，该系列始于1961年，第一部名为《唱歌的船》。“海尔法”的背景时间设定在未来，严重残疾的儿童有机会通过密封在与大脑直接相连的金属外壳中而成为宇宙飞船，这一提升其机能的过程包含了被称为“教育”（而非程序化）的过程，复杂的神经、知觉通过钛制外壳而连接起来。从这点来看，“外壳人”是赛博格的原型，麦卡弗里的叙事以海尔法通过设计一种歌唱的方式而进行的个人探索和自我改造替代了中心控制技术。对海尔法而言，太空航行是一种成人礼性质的探险，而非目的明确的科学发现之旅。海尔法的金属外壳是她意识的延伸，所以她自然而然地展现了太空飞行的技术能力（到20世纪60年代为止，飞行员还是清一色的男性），并且在飞行的过程中形成了自己的情感能力，例如学会了哀悼。与这部小说相似的是内奥米·米钦森的《女宇航员的回忆录》(1962)，它以对叙事者同其他物种的关系的反思取代了快速的动作场景。

《2001：太空漫游》

阿瑟·C. 克拉克一直支持太空探索，为太空探索成为20世纪下半叶的时代强音做出了贡献。早在1946年，他就预言了探险新时代的来临，并在1962年推断可能要迎来一次探险的复兴，如果不是史诗性，也至少是接近史诗性的："在人类奔向星空的过程中肯定会伴随着发现、冒险、胜利和不可避免的悲剧，这些终将成为新的英雄文学的源泉。"克拉克不断强调科幻文学能够以汪洋恣肆的想象力激发读者的惊奇感，给予读者灵感，这是一种独一无二的能力。在《童年的终结》（1953）中，宇宙飞船飞临世界各大城市的上空，人类同外星人的接触就此开始，这个故事听起来就好像那个时代小成本二流电影的脚本。克拉克尽量减少了对这些外星人外表的描述，只是强调他们的身形大小，而这恰恰是同他们智力的优越性相关的外在特征。这些外星霸主开始培育

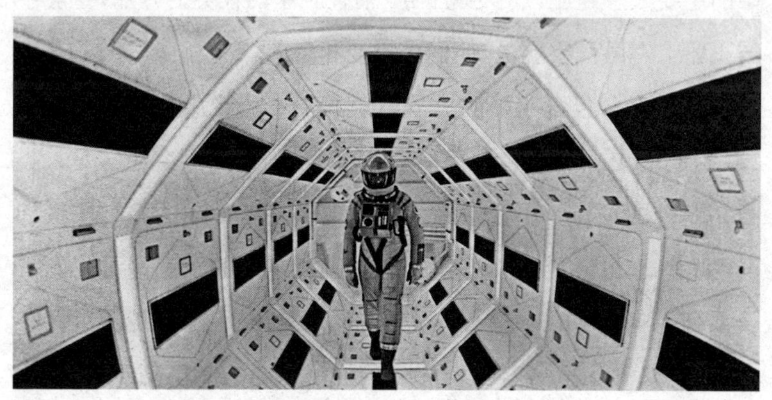

图3　斯坦利·库布里克《2001：太空漫游》（1968）的剧照

拥有心灵感应能力的地球儿童，在克拉克的笔下，这些儿童是帮助人类进入一个更为理性的阶段的催化剂。从这个意义上来看，这部小说为克拉克后来更为著名的太空航行叙事——《2001：太空漫游》（1968）奠定了基础。

克拉克写这部小说的时候，斯坦利·库布里克的同名电影也正在拍摄之中，这点和后来很多科幻电影的小说版是不同的。构成了小说和电影主要情节的太空航行脱胎于H. G. 韦尔斯对人类技术进步的原初叙事，把小说中的原始人主角命名为“观月者”，是为了把太空漫游设定为一种人类最古老的本能意图。故事情节从达尔文进化论（在生存斗争中为了自卫而发展出了工具和武器的观点）的概要跳到1999年，在电影中，这个转化以一根抛到空中的骨头变成空间站的意象呈现出来。到了1999年，从地球到月球的运输服务已经普及，但在月球上发掘出一块向土星传送信号的神秘黑色平板，好戏由此开场。情节又跳到了2001年，故事中的主要太空之旅以“发现1号”前往土星的任务为开端，这艘宇宙飞船上有两位宇航员，他们是鲍曼和普尔。

除了书名包含明显的典故[①]，克拉克在小说中还不时中断故事，提起历史上的著名旅行，就像在暗示当前的太空漫游是人类开拓精神的顶点。小说最后定下来的书名所唤起的主题比最初的“群星之上”更加宏大。不过，小说中描写的太空漫游遇到了一系列困难。飞船中的一个设备单元似乎出了故障，船上的计算

① 《2001：太空漫游》的原书名为*A Space Odyssey*（太空奥德赛）。在荷马史诗《奥德赛》中，奥德修斯在希腊军队攻下特洛伊之后，历尽千辛万苦回到故乡。——译注

机哈尔打开了气闸，造成了普尔之死。就是在这个时候，飞船的真正使命才暴露出来，也就是去探索土星的卫星土卫八；在电影中，目的地是木星。

当“发现1号”到达土卫八的时候，鲍曼进入了一块与月球上的石板一模一样的巨石，超现实氛围达到了高潮。鲍曼接近目标的时候，看到了一个停放着被废弃的宇宙飞船的地方，然后又看到了明亮的光点所构成的幻境，最后突然发现自己置身于华盛顿的一间酒店套房中。到了此时此刻，电影情节已经变得更加虚幻了，这些场景好像都只是立足于鲍曼的思维。物体不断出入于视域的焦点，鲍曼的意识通过了“星际之门”的门槛，最后叙事止于充满精神意蕴的重生意象。库布里克曾经声称“上帝的观念是《2001》的核心”，克拉克证实了这种感想。对于库布里克来说，电影的精神象征被故意模糊了，为的是让观众能够产生自己的理解，而电影的结局至少有三个层面的含义：到达目的地、回归过去和迫近新生。克拉克在《与拉玛会合》（1973）中又回到了飞船所传达的模糊精神象征。在这部小说里，一艘名为拉玛[①]的巨大的圆柱形宇宙飞船接近了地球，地球人派出考察队去调查这艘飞船。但是，它体积庞大，仿佛是个微型星球，需要为之绘制地图。拉玛具有明显的技术文明，在其内部也存在控制飞船的“生物机器人”，但最后拉玛离开了太阳系，并没有给地球人留下任何关于其意图的线索。克拉克在小说中把基督教、印度教、希腊神话相

① Rama是印度教神名，一般译为“罗摩”，克拉克在小说里也提及此名称就是指印度教的神灵，但国内通行译本作“拉玛”，现从众译，以免混淆。——译注

提并论，正是突出了拉玛象征意义的模糊性，这艘飞船可能是一次显圣，但也可能不是。

美国太空计划

1969年“阿波罗11号”登陆月球，改变了我们对可能性的看法，从而激进地改变了科幻中太空探索的传统。“阿波罗”登月、无人飞船探索火星和金星使得人们再也不能无视太空探索叙事中的科学。NASA（美国国家航空航天局）现在已经正式把科幻内容用于航天技术教学，同时有很多NASA员工也是独立的科幻作家。2004年，NASA举行了第一次有关火星地球化的辩论，包括阿瑟·C.克拉克和金·斯坦利·罗宾逊在内的科幻作家们参加了这次辩论。火星学会的创办人罗伯特·祖宾于2001年出版的小说《首次着陆》描写了在火星上发现有机生命的故事，这本书是他为火星探索所做的努力之一。那些以火星为主题的小说家们通常自身也是训练有素的科学家，他们非常敬业地使科幻叙事与已知的科学成果相契合。本·博瓦的做法是提供一个独立的“数据银行”，其中存有与小说故事情节息息相关的信息。天体物理学家格雷戈里·本福德则倾向于把科学恰当地整合进叙事当中。《火星竞赛》（1999）的书名语含双关[①]：第一层意思涉及了火星上是否可能存在生命的问题，这是整部小说的核心；另外一层意思是讲在一次飞船发射时发生了灾难性的爆炸之后，国会撤销

① 《火星竞赛》原书名为*The Martian Race*，其中Martian可以指“火星上的”，也可以指“关于火星的”，race可以指“种族”，也可以指“竞赛”，所以是双关。——译注

了对火星项目的财政支持，随后出现了新的火星探测支持计划。在故事中，一个财团提供了300亿美元，来奖励任何首先成功完成火星任务的人。小说的一部分描述了地球上宣传与募资过程中的种种不择手段和钩心斗角，另一部分则描述了对火星地形地貌展开的科学探测活动，以及身为生物学家的女主角朱莉娅·巴斯在火星上发现有机生命的故事。但是，还有第三个要素的存在，它防止了小说成为“硬”科幻的又一个泛泛的例子。在叙事中，本福德的人物参照了早期火星小说中的角色，尤其是《未知爬虫》（美国版标题为《夸特马斯实验》，1955），在这部作品中，一名宇航员被太空中的有机体所感染。另外一个参照则是《火星需要女人》（1968），这是本福德在开玩笑地暗指自己的小说主人公。当太空有机体开始生长，故事情节开始变得阴森起来，小说甚至暗示有一种类人生物开始生长成形，对船员构成了威胁。通过这种方式，本福德把老式的地外生命想象同在火星上的科学新发现结合了起来。

罗宾逊、博瓦、本福德体现了对太空计划的乐观看法，而在早期阶段，太空计划实际上是一个有争议的话题。早在1956年，詹姆斯·布利什就尖刻地批判政府体制以国家“安全”的名义，一方面加强对太空计划研究者的中央控制，另一方面又分而治之，不让他们之间有联系。后来，巴里·马尔兹伯格的《超越阿波罗》（1972）对太空探索提出了质疑，在小说里，执行飞往金星的任务时只有一名宇航员幸存了下来，而他的心智不时陷入非正常状态。

内部空间

在1962年的《新世界》科幻杂志上，J. G. 巴拉德撰文抗议科幻小说中“火箭和行星故事”的话语霸权，他的抗议现在已经广为人知。那个时候正值美苏太空竞赛，不知是否出于这个背景，他提出科幻需要一个新的方向，他宣称：“在不久的将来，最大的进步不会发生在月球或者火星上，而恰恰就在地球上，我们需要探索地球**内部**空间，而非外部空间。”他继续说，传统上人们所重视的科学研究要让位于抽象的探索。“我们不应该把时间当作某种辉煌的观光铁路，我更愿意把时间当作时间本身，即一种人类的观察视角，并且我愿意看到对时区、深层时间和精神考古学时间概念进行探索。”很多同时代人和巴拉德一样反对传统的太空探索故事，虽然他们的写作实践有不同的方向。迈克尔·摩考克对随心所欲的时间旅行有广泛的描写，道格拉斯·亚当斯始于《银河系搭车客指南》（1979）的“搭车客”系列（一开始是科幻广播喜剧）把太空平常化了，让它成为想去就能随意搭车去的地方。

实际上，在巴拉德发表他的宣言之前，科幻界就已经出现一些变革的迹象了。雷·卡明斯的《金原子中的女孩》（1922）是首批把原子结构方面的研究发现用于小说的作品之一，他曾担任爱迪生的助手，辞去这份工作没多久这本书就出版了。小说中一位科学家向他困惑的朋友透露了他的新发现——单个的原子内部有一个完整的世界，这个时候空间维度就被赋予了新的限度。在故事中，这位科学家把他母亲的结婚戒指无限放大之后，窥见了一位坐在洞穴中的年轻美女，这不能不说是一种带色情意味的狂想。这位科学家发明了一种化学药品，其性质如同爱丽丝在兔子洞里喝过的魔法药水，能够把生物放大或者缩小。在这个故事中，变化身形大小取代了空间旅行，产生了意想不到的效果。这位化学家缩小身量之后，现实世界中的物体变得巨大无比、充满了威胁。他进入一个由变化的平原和陡峭的悬崖组成的超现实世界，发现他未能摆脱的巨大物体和生物不时让他身陷险境。卡明斯在描写了这些维度上的鲜明差异之后，笔触就落入了失落世界的老套路：在这个原子中，存在着两个种族，这两个种族正处于对峙状态。

巴拉德呼唤变革的宣言发出才四年，理查德·弗莱舍的电影就把漫游模式迁移到了人体之内。《神奇旅程》（1966）以冷战为推动故事情节的背景。有位一直在从事缩微技术研究的苏联科学家逃到了西方世界，一起未遂的暗杀在他脑内留下了一个血栓。为了拯救他的生命，“海神号”潜艇上的一支医疗小队被缩微成了现在所谓纳米机器人的大小，他们一路穿过这位科学家的血管，最终找到了那个血栓。但是这支医疗队中有一个成员是苏共的特工，这使得情节变复杂了。医疗队成员同时间展开了竞赛，最终血栓被清除了，而医疗队成员们从患者的眼睛里逃了出来。这个主题虽然在当时看起来有点荒唐，但后来微型医疗技术出现了，它就合理多了。这部电影启发了新的超现实“身体景观”，即人体器官被放得极大后的身体内部景观。1987年的喜剧《内部空间》对这部电影又做了进一步的发挥：一场试图把人类试验对象缩小注入兔子体内的试验出了错，结果故事情节演变成了敌对特工机构之间的争夺该技术的斗争。

在20世纪60年代毒品体验泛滥的语境下，巴拉德关于内部空间的说法同吸毒是一种“内在化”体验的惯常性表述不谋而合。布赖恩·奥尔迪斯的《脑袋里的裸足》(1969)到现在依然是此概念有力的实际表达。他描述了一个在战争中使用迷幻剂炸弹的战后世界，其中的故事情节最初出现在“瘾君子之战”系列中。主角的名字叫科林·查特里斯，这个名字让人想到创造那个虚构圣人的人，但实际上他是个穿过西欧前往英国的塞尔维亚人。到了英国之后，因为空气中迷幻剂的效果，现实开始不可预测地发生扭曲，空间和时间都变得不再稳定。奥尔迪斯甚至把这种迷幻效果用于文本本身，查特里斯的经历和欧洲社会的总体崩溃不断地发生勾连，要归功于这种虚幻和真实交错的叙事。

在朱迪斯·梅里尔于1968年出版的文选《英格兰摇摆科幻》中，她把关于科幻的隐喻和嗑药结合在一起，把论文的作者比作在“旅途”之中，驾驶着“侦察船”前往未知的终点。这个过程是有意识的实验的结果，威廉·伯勒斯的早期小说中就有这种手法，而他也以自己在致幻药物方面的专业知识为傲。他最关心的问题之一就是控制，他反复利用科幻来表达自己对人类是一种“软机器”的信念，他认为人类是一种同某种控制中介相连的有机体，他称这种控制中介为“仿真工作室”。在《软机器》(1961，1966)中，他对这种仿真机制发动了攻击，试图夺回对内部空间的控制。他提出的“仿真电影”的隐喻暗指一种早已建构好的现实，在菲利普·K.迪克和其他人的小说中我们能够反复看到这个隐喻。

在巴拉德最初倡导探索内部空间的呼声中，他的主要提议是不要再沿着太空旅行故事的老路前行，但也没有说一定要对人的精神世界进行探索。自1962年的巴拉德宣言以来，内部空间的观念经历了一系列的变形，如可视化映射、内部显微成像，以及赛博空间，最后这个术语由科幻小说家威廉·吉布森在1982年所定义并以《神经漫游者》（1984）这部小说加以精彩阐释：

> 不同国家数十亿合法操作者和学习数学概念的儿童每天都可体验的一种交感幻象……从人体系统的每台电脑存储器中提取出来的数据图示。这是一种不可思议的复杂性。在意识的非空间中，数据成簇成块，光线交错，如城市的灯光般向后退去。

赛博空间只能以一种自相矛盾的方式解释为空间和非空间，因特网和万维网是最贴近赛博空间含义的，这些解释都包含着信息输送可视化系统这样的内嵌隐喻。网上"冲浪"这样的表达为信息搜索增添了一层拟物的维度。

然而，同虚拟的空间表征更加直接相关的是另一个特定短语——"虚拟现实"（VR）。VR的历史依然要追溯到20世纪80年代，它首先是作为一种电子娱乐毒品而流行开来的。1990年，《华尔街日报》将其描述为"电子迷幻药"，在帕特·卡迪根出版于1991年的小说《合成人》中，“视觉”马克一角演示了这个类比的含义。马克是个虚拟现实成瘾者，梦想能够脱离所有的束缚或边界，这样“他就能够在宇宙中自由飞翔，想去哪里就去哪里”。卡迪根对头戴“视频头”（一种电子虚拟现实头盔，同时这个词也指上瘾）时的沉浸式体验有极为生动的刻画。小说人物吉娜戴着这样的头盔，马上就体验到了感觉和时间的奇怪转换，对发生了什么毫无把握，时间感也丧失了。场景的迅速转换和持久的变化让人想起德·昆西在《一个英国瘾君子的自白》中所描述的梦境。当吉娜从虚拟的旅途中恢复过来的时候，她好像从梦中醒过来一样。相比之下，在尼尔·斯蒂芬森的《雪崩》（1992）中，故事的地点选择为“大街”，它是信息交易的街道，位于作者所谓的“多元宇宙”之中——这个词是威廉·詹姆斯创造的，原是指自然的多样性，在这里则指现实的多元化和展延性。

第二章

遭遇异族

科幻小说不断地拷问同一性的局限和差异的本质，后者常常通过一种类似讽喻的途径而加以描述：将异族移置于其他国家或者其他星球，从而实现不同文明之间的遭遇。直面他者让读者得以重新审视自身的观念，异族文化很少能够独立地被探究，只有通过强调差异才能得到领悟。

在科幻中，异族[①]的概念可以在三层相互重叠的意义上来理解。首先，异族可以指与人类完全不同的存在，有时是来自其他行星的；其次，它又可以指社会的疏离现象，如H. G. 韦尔斯的《时间机器》(1895）中所描写的地下的劳工和地面上退化的享乐者之间所形成的阶级分化，或者是《大都会》中身为管理者的精英和僵尸一样木然的工人；最后，这个词又可以指叙事本身的一种特质，在20世纪初，读者常常通过一种准编辑的叙事架构而接触到这种叙事风格。在同一本书内发现以上这些特质是有可能的。例如，美国作家皮耶东·W. 杜内尔的《共和国最后的日子》(1880）就把使用华人移民劳工扭曲为阴谋诡计。杜内尔颠覆了

① 原文为alien，作为一个笼统的概念词在这里译作“异族”，在下文中根据不同的情境会翻译为“异族”、“异形”或“外星人”。——译注

人们对于天定命运的信念，用中国人来具体呈现支配的冲动，把中国人描述为逐渐接管了美国的人，最终美国的名字都被从地图上抹去了。

异族的所谓“异”，指的就是相异性和差异，科幻中的异族显然总是参照人们所熟悉的人类群体、动物、机器而想象出来的。“异族”这个词最早在埃德加·赖斯·伯勒斯的《火星公主》（1912）中就出现过两次，书中的男主人公约翰·卡特上校是美国内战期间南方军的军人，在亚利桑那州阿帕奇族印第安人的袭击中逃脱，然后被神秘地传送到了火星。在这个红色的星球上，他观察绿色类人种族的风俗。他凝视他们的“异族孵育场”，这是抚育火星婴儿的巢穴。在这里，异族这个形容词就标志着一种不同于地球上人类风俗的做法，即火星上的绿色种族当中并没有父母一说。这个词第二次出现的时候意思就发生了变化。卡特被火星上的绿色种族接受了，虽然一位领袖宣称这位访客让他感到惊讶，说“你是一个异族人”，但同时又是一位首领。事实上火星人能够说出“异族”这个词，甚至把它用在卡特身上，这就颠覆了“异族”一词原来指地球人之外生命的含义。换言之，异族的相异性可以根据语境和角度而表现为一种转换中的关系。在两次世界大战期间，“异族”这个术语同地外生命的联系逐渐加强，但是我们要记得它发源于19世纪的种族理论和政治。对异族的敌意在美国是通过两个法案而被制度化的，这两个法案分别是《排华法案》（1882）和《驱逐无政府主义者法案》（1901）。

在同一时期，火星上的类人生命（这是世纪之交最受欢迎的可能性）往往被描述成具有与该时期美国一致的种族等级制度。在珀西·格雷格的《穿越黄道带》（1880）中，发现火星上居住着身材矮小的人类，这些人长着雅利安人的外表，就像瑞典人或者德国人一样。古斯塔夫斯·波普在《火星之旅》（1894）中随意地把他的火星人按颜色分成红色、黄色、蓝色三个种族。回过头来看伯勒斯，他的"巴尔苏姆"系列可能是对火星生命的早期描述当中最有名的。在《火星公主》中，约翰·卡特上校第一眼看到的是大脑袋、四肢萎缩、长得奇形怪状的生物正在孵化，当他看着这些动物的时候，一队武士骑着坐骑奔过来，把他掳走了。从这时开始，外星人给读者的那种异己感渐渐变淡，而越来越接近人类，这是因为虽然这些绿人比地球人多了两条肢体，但是依照当时的观念，他们的文化同美洲印第安人有点像。伯勒斯写他第一本火星小说的时候，计划是要"科学地描写火星上的统治种族"，这个种族和地球人将是相似的。他以火星作为奇幻背景，拼凑了跟人类多少有些相似的生物。卡特首先看到的生物构成了火星奇特环境的一部分，用伯勒斯时代的辞藻来说，红色种族和绿色种族之间的冲突类似于地球上"文明"种族和"原始"种族之间的冲突。

伯勒斯在《火星众神》（1918）中又为火星增添了一个种族，即"植物人"，他们只有一只眼，没有毛发，错位的嘴巴长在了手掌之上。他们的腋下还挂着一个微缩版的自身。和第一本小说一样，在这部小说中，火星人中最怪异的形象一开始就出现了。同这个种族相比，后来出现的生物看起来只是有点古怪，一点都不可怕了。小说中的大白猿让人想起人类进化的早期阶段。“红种人”的肤色实际上是红铜色的，让人联想到19世纪印第安人在西方人心目中的传统形象。最后，所谓的“黑色海盗”被设定成“原始”但是“正宗”的火星种族，在所有种族中属于贵族。在外表上，这个种族的人像是高贵野蛮人的集中体现，和卡特一族的区别只在于肤色。在美国南方人眼中这可能有点奇怪，但卡特不得不承认他们的肤色反而增加了他们的美。伯勒斯在小说中提供的文本线索暗示，在火星人身上，我们看到的是地球上不同种族之间的相似性和差异。这些火星人时不时地被俘和脱逃，构成了文本的节奏，这也是伯勒斯小说叙事的招牌。

到现在为止，我们讨论的外星人都是人形生物，但是外星人完全可以和人不一样。在H. G. 韦尔斯的《最早登上月球的人》（1901）中，旅行者看到的第一块透明石膏其实是一个蚁人，一种“复杂的昆虫”，长着外壳，头上有“眼罩”和“尖刺”。这些地球人对于他们看到的东西是不是人莫衷一是，因为这种生物是个混合体，外形像一只大蚂蚁，但是又有智力和技术，这是他们在被俘后才了解的。这两个地球人都逃了出来，但是只有一人成功地回到了地球。韦尔斯一方面不去过分地刻画蚁人的外表，一方面又力图揭示他们的社会组织结构，在两者之间精心地保持了平衡。在通俗杂志科幻小说中这种谨慎的做法往往被忽略，虫眼怪物变得很普遍。这个词已经沦为了陈词滥调，通常只是指完全异于人类的可怕生物或带有攻击性的某些物种，这些物种还有可能会对任何不幸遭遇他们的倒霉女性角色兽性大发。多产的科幻插画师弗兰克·R. 保罗为这些杂志创作的封面起到了应有的作用。图4展示了一个典型的例子：身形矮小的人类在一头怪物前面四散逃跑，这个怪物长着许多肢体，脑袋和躯体似乎是一体的。

斯坦利·温鲍姆的《火星奥德赛》（1934）则为外星人形象提供了一种新的可能性，在他的小说中，外星人和地球人的相似与相异之处俱存。在第一次前往火星的征途中，旅行者们遇到了类人猿和一只“怪诞的鸵鸟”。小说通过强调该生物的怪异之处而将之呈现在读者面前，随后这个生物的外表渐渐不再那么古怪，说他属于人类也似乎是合理的了。最后证明其实这生物不算是一只鸟，只是脖子有点长，身体小而圆罢了。更重要的是，他展示出了拥有智力的明显迹象：他能够理解数学图表，并且逐渐学会了英语。人们给他取名为特维尔，把他当作同伴，他和人类一起在火星上四处观看。当特维尔越来越像人的时候，他的外表也越来越少地被提及。

异族入侵

第二次世界大战之后的几十年内，通俗小说中的粗野怪兽演变成了形形色色的生物，它们的行为表现出侵略性和威胁性。异族入侵这类叙事往往会引起这样一个赤裸裸的话题：征服与被征服。但此类叙事文本往往有一种微妙之处，它们采用种种策略来延缓揭示异族身份的时刻，因为反抗异族的前提是看到并明确异族的身份。为了展现人类面临的各种威胁，这些叙事都会不断地同哥特式文学产生交集。

图4 《惊奇故事》(1928年5月)的封面

在来自英国的范例当中，电视连续剧《夸特马斯实验》(1955)把同异族的接触戏剧化为一种感染行为。一枚坠毁在温布尔登公园的火箭上载有唯一的一名宇航员，他身上携带着一种吸收性病毒。这位名叫卡隆的宇航员心理受创，已经很难记起发生了什么事，而这段失落的记忆也成为一个谜。在剧里，先是火箭中发现了"果冻状物质"，然后卡隆开始变异，手成了灰色的非人形状，接着在西敏寺里出现了一大帮怪物，最后这帮怪物又在西敏寺里被消灭了。第二部《夸特马斯实验》和电影《夸特马斯2》(1957)中描述的异族入侵比第一部更加详细。在一部坠毁在地球上的雷达中有人捡到了神秘的物体，检查后发现其中一些物体是中空的容器，估计原来是装着什么东西的。调查雷达坠毁的地区时，首席科学家夸特马斯偶然发现了一座神秘的工厂，它显然是由政府建造的，作为最高机密禁止外人进入。小说作者奈杰尔·凯尼尔后来回忆说，当初他写小说的时候，这个桥段表达了50年代中期民众对官僚机构和秘密设施的担忧。和第一部一样，影片先是通过对工厂附近居民感染奇怪疫病的报道抛出了一个悬念。工厂的安保人员被当地人称作"僵尸"，因为他们戴着面罩，看起来和昆虫一样。最终谜底揭晓，这座工厂一直在制造合成食物，饲养从天空中坠落到地球上的有机体。最后，夸特马斯把这些生物逐回它们自己的小行星，并摧毁了它们。这部电影的美国片名比较引人注目，叫作《天外来敌》。

英国最宏大的异族入侵叙事当属20世纪50年代约翰·温德姆的小说，他沿用前人的策略，把科幻的主题嵌入日常生活的环

图5　约翰·温德姆《三尖树时代》(1951)的插画草图

境细节之中。《三尖树时代》(1951)向读者展现了两个对人类同时存在的威胁，一个来自地外，一个来自有机体。三尖树是在苏联的生物实验中被制造出来的，在一起空难中它们的孢子洒落到了英国。作者这么写并非出于偶然，当时传闻说有卫星把生化武器扔到了英国，这里就体现出英国人的恐惧。第二次“袭击”来自绿色的流星，凡是观看流星雨的人都失明了。这样整个国家都陷入了瘫痪，人类也不再处于优势物种的地位，面对三尖树的攻击只能坐以待毙；到了小说的第二部分，这些三尖树开始猎取人头了。

布赖恩·奥尔迪斯指责温德姆制造了一场“舒适的大劫难”，但是这么说对温德姆的委婉平淡的叙事方法并不公平，因为温德姆显然是想在一定程度上避免太空歌剧叙事的那种风格夸张的戏剧性表达。叙事者用回忆的方式讲述了这两起攻击事件，同时揭示了英国人的自满，他的叙述内容阴森恐怖，故事中无数的死亡事件加强了渲染力。《海妖醒了》(1953)重复了异族入侵的主题，这次是奇怪的有机体从空中落入了海洋。为了消灭它们，英国引爆了一个核装置，但是却反过来激活了这些有机体。换言之，英国核装置失效直接造成了海洋生物入侵。

三尖树或者海洋生物的心智对于人类而言是一个永远的谜。和前面的情况不一样，在《密威治的怪人》(1957)中，发生的是一种类人生命的入侵，入侵对象是典型的英格兰中部的村庄。这个村庄叫密威治，有报告称其上空出现了不明飞行物，随后该村庄的居民神秘地陷入昏迷，其间所有育龄妇女都怀孕了。之后生下来的孩子都带有不可思议的相似之处，拥有完全一样的外表特征，叙事者将其描述为一种抽象的“异常”，和任何种族都没有相似之处。这部小说里面有一处不同寻常的自我反思性质的评价：一个人物谈论了美国的异族入侵小说模式，目的是为了说明美国模式与英国模式之间的区别，强调了美国模式情节节奏快，直到最后一刻才峰回路转。

但实际上20世纪50年代美国的异族入侵模式的电影比温德姆笔下人物所谈到的要更加复杂。举个典型的例子，一个物体被误认为是一颗流星，坠落在一座小镇附近，接着这个坠落物体内部的生物利用坠毁地（旧矿山、沙坑等）作为接管人类的基地。这种接管可能是通过替换（《我嫁给了来自外太空的妖怪》，1958）、感染（《食脑者》，1958）或者肉体接管而实现的。在《来自火星的入侵者》（1953）中，受害者脖颈处被放入了微型植入体，在控制者的操纵下能够破坏附近的军事设施。最后，还是一个小男孩意识到发生了什么事，而影片的很多镜头都是以这个孩子的视角自下朝上拍摄的。《变形怪体》（1958）中呈现的威胁显得很肤浅，一种阿米巴原虫一样的有机体不断生长，吞噬了它捉住的人类。在《宇宙访客》（1953，基于雷·布拉德伯里的脚本）中，危险则来得很意外。这部电影因循入侵模式，讲亚利桑那州一座小镇上的居民被一种移动的大泡泡一样的东西所吞噬，最后发现这些外星人其实很友好，只是在这里修理他们的太空船。在大多数情况下，异族都会降落在一座小镇上，这座小镇的命运就暗示着整个国家的命运。

罗伯特·海因莱因的《傀儡主人》（1951）从一开始就明确地将整个国家设定为情节背景。2007年，一架神秘的宇宙飞船降落在艾奥瓦州的格林内尔附近，这听起来像是一个老套的不明飞行物故事，但是小说别出心裁的地方就在于叙事者所扮演的角色。山姆是一秘密政府机构的成员，他称他的上司为“老头子”；作为一名极其重要的人物，“老头子”直接与总统联系。这一事实自身已经预示了发生的事情不同寻常。和其他异族入侵电影一样，当地的通信也中断了，然后关于人类变异行为的消息开始泄露出来。此外，山姆还交代了自20世纪40年代以来的不明飞行物目击历史——1947年第一起被公开的不明飞行物目击事件发生在华盛顿附近——以及当时美国和苏联之间已经爆发的核战争。战争和国家安全问题交织在一起，从一开始就扩充了小说的情节。这些外星异族是数量成倍增长的蛞蝓一样的生物，它们会附着在人类受害者的背部，一旦附着上就开始控制人类。海因莱因把人类对恶灵附体、恶心事物的古老恐惧同这些生物造成的政治威胁结合在了一起。山姆就曾经被这种生物短暂地控制过，他被变成了行尸走肉，无名的操纵者支配着他，把他当作被动的工具，去与人接触、"保卫"大楼。如果用一个军事术语来描绘这部小说中的实际情况，那就是从内部颠覆美国。山姆提到过，他被操纵的体验就如同受到了催眠暗示一样。当小说出版的时候，正值首次有报道称参加朝鲜战争的美军士兵遭到了洗脑。如果说这些蛞蝓同西方对渗透的普遍恐惧相似，那么随着小说情节的发展，当外星异族入侵席卷全美时，海因莱因明显是在影射苏联，他很不合宜地称这些蛞蝓为"泰坦"，其实这些蛞蝓根本没有多大。事实证明军事战斗无法对付这些蛞蝓，所以只好传播一种病毒来感染这种蛞蝓，最终拯救了美国。

50年代最著名的外星异族入侵电影《肉体掠夺者入侵》(1956)完全没有沿用这种套路。这部电影以杰克·芬尼1955年的小说《肉体掠夺者》为蓝本，虽然是一部低成本制作的影片，却取得了很强大的戏剧效果。电影以加利福尼亚的一个小镇为背景，神秘的茧中出现了人类复制品，这些复制品又替代了正常的人类。和该时期的很多同类电影一样，这部电影中的入侵的方式（孢子在

图6　唐·西格尔《肉体掠夺者入侵》(1956)的电影海报

太空中飘荡）也远不及其结果重要，这个结果就是小镇的医生迈尔斯·贝奈尔这个观察者发现与他相识多年的人都渐渐变得陌生。这些茧实为人形的空腔，从里面制造出和镇上居民一模一样的复制品。一旦变身完成，就很难区别这些复制品和它们所模拟的人。在这方面，《肉体掠夺者入侵》与同时期其他的异族入侵叙事形成了强烈对比，因为在其他的叙事中外星人的特质在僵尸化的受害者身上通常是看得到的。在《肉体掠夺者入侵》中，越来越多的变身人出现，在迈尔斯心中引发了偏执性恐惧，他再也无法认出任何人来。作为电影蓝本的杰克·芬尼的小说一步一步地揭示了外星异族变身替代居民的过程，小说的戏剧性也随之慢慢加强。而在电影中导演唐·西格尔则为故事补充了一个框架，一开始迈尔斯被送入当地医院急救室的时候，情节就很紧张。所以小说是逐渐揭示了危机，而电影直截了当地切入话题并寻求证实。

制片人沃尔特·万格起初计划在电影开头播放一段精心设计的录音，它效仿的是1938年的广播剧《世界之战》。奥森·韦尔斯[1]将亲自配上旁白，仿佛正在报道该镇发生的事件。他本打算说出“这不再是我们熟悉的日常世界”之类的话，仿佛要观众注意即将看到的反常事件，不要太震惊。但是实际上这个方案没有实施，也许是因为这让电影情节的科幻意味过于明显了。后来的情节是这样处理的：由于镇上的警察局和电话交换机都被这些

① 奥森·韦尔斯（1915—1985），美国演员、导演、制片人，他根据H. G. 韦尔斯的小说《世界之战》制作了同名广播剧，以新闻报道的形式向听众播报火星人入侵地球的事件，在美国引起巨大恐慌。

外星异族给控制了，迈尔斯及其女友贝姬陷入了孤立无援的可怕境地，电影临近结尾时，在镇上居民追逐他们的场景中，这种恐怖气氛达到了高潮。导演添加的故事框架颠倒了迈尔斯的身份，把他从小说中的医生变成了电影中的患者，到电影最后一幕都在暗示这个故事可能只是迈尔斯的幻想。但是当一起交通事故证实了迈尔斯并不是在虚构时，医院拨通了联邦调查局的电话，电影到此戛然而止。后来重拍的电影都更改了故事发生的地点：1978年版的地点改为旧金山，甚至在那些茧子还没有干什么时，城市居民就已经变异了；1993年的《肉体掠夺者》以阿拉巴马军事基地为故事发生地；2007年的《入侵》展示了借助航天飞机登陆地球的外星生命形式，它引发了脱氧核糖核酸转化的感染过程。关于原著中的茧到底代表什么一直存在意见分歧。有人说故事情节是对“恐共”的隐喻，共产主义在那个时期一直被妖魔化为制造服从权威的傀儡的工具。也有人把小说当作一般意义上的社会同化作用的寓言。

在所有异族入侵模式的电影中，反复出现疾病的类比，好像一种新的生命形式在某种程度上必定要败坏或者感染人类宿主。威廉·伯勒斯的小说具备很多科幻比喻形式，他建构了自己的宏大叙事，这是太空时代的新神话——语言自身就携带病毒，借用非人力量的发言人的话来说，这病毒会“感染人类并把他们变成我们的复制品”。在这种设定中，所有个体都可能携带这种外太空病毒，通过语词在交流中传播病毒。任何媒介，一旦用于检验、比较这种病毒，就一定会被感染，真是恐怖至极。

与伯勒斯笔下的这种无形也无法感知的外星异族不同，雷德利·斯科特1979年执导的电影《异形》融合了多个外星异族主题，但与传统相比，又有所不同。电影以西戈尼·韦弗扮演的女性角色里普利为主角，“诺斯特罗莫号”地球商业飞船在太空中遇到了一艘被遗弃的外星飞船。有个船员进入这艘飞船查看，发现一间舱室内满是卵，其中一枚卵裂开后蹿出一个有机体，附着在他的脸上。这部电影里，外星生命以一种恐怖恶心的形式出现，仿佛是一种拖着肠子的有机体。电影的高潮场景之一是外星生物从凯恩体内破膛而出，这一幕扭曲了正常的生产过程，其直接结果就是人类宿主的死亡。随后这个外星异族跑了出来并进入了“诺斯特罗莫号”，在船员追击这个怪物的过程中，电影营造出强烈的幽闭恐惧效果。随着电影情节的发展，观众发现其中一个船员其实是人形机器人，他奉“公司”（名称从未透露）之命要将这种外星异族带回地球，通过这个情节，斯科特在电影中又引入了一个附属性质的异族主题。同时，在电影中斯科特对外星异族的表现限于局部展示或者一闪而过的镜头，外星异族的整体形象作为谜底一直保留到了电影的末尾。通常在异族叙事中，生存是最高的主题。斯科特一开始计划让里普利被杀死，但是电影工作室坚持让里普利活下来，让外星异族被杀死。这部电影一推出就颇得好评，随后又出了三部后续作品：《异形2》（1986）是以异形的母星为背景的冒险动作片；《异形3》（1992）描述了一枚异形的卵如何被坠毁的宇宙飞船无意中带到一颗星球上，同时还讲述了里普利如何发现异形已经在她体内；《异形复活》（1997）的背景设定在未来，美国军方计划从里普利开始克隆计划。

在海因莱因的《傀儡主人》出版之前，不明飞行物和天外来客这两个孪生主题的地位在科幻中早已确立，虽然“不明飞行物”这个术语是1952年才发明出来的。据称，1947年有一个不明飞行物坠毁在美国新墨西哥州罗斯韦尔附近，军方对外星生物进行了尸检，但是因为军方随即封锁该消息，该事件演变成了流行神话。惠特利·斯特里伯的纪实小说《威仪》（1989）最终也并没有就此给出结论。20世纪50年代，外星人造访地球事件频出，飞碟是外星人通常的交通工具。《地球停转之日》（1951）中出现的那个外星人在各方面和当时的人类完全一样，除了另类的装束和技术装备。这个外星人造访地球是为了警告科学家不要在外太空使用武力，否则他们将会遇到不可战胜的机器人。这个带有警告意味的故事其实暗示了冷战期间军备竞赛的不断升级。《飞碟入侵地球》（1956）实际上就表现了这种愈演愈烈的军备竞赛：一架飞碟降落在美军基地后，同美军交火，随即迅速演变为大规模的外星人入侵。电影根据唐纳德·凯霍的一本关于不明飞行物的小说改编，作者曾是海军陆战队队员，多年以来一直在为通俗杂志写科幻小说。

史蒂文·斯皮尔伯格的《第三类接触》（1977）复活了这个主题，以细腻宏大的手法表现了飞碟，在电影中外星人以矮个子类人生物形象出现。通过光效、调性乐句和手势，地球人和外星人建立了交流渠道，所以这些外星人最终并没有威胁到地球人。电影的标题将其情节定义为同外星文明的第三阶段接触，这三个阶段分别为目击、接触物理痕迹和最终接触。把同外星文明的接触分割为三个阶段，表明这个主题自默里·莱恩斯特的短篇小说《初次接触》（1945）以来已经有了长足的发展。在默里的小说中，两艘飞船在太空相遇，陷入了相互怀疑的僵局——这样的描写受到了苏联科幻小说家伊万·叶夫列莫夫的批评。

富有同情心的异族

外星异族不再对地球构成威胁，这种转变的迹象在1951年的电影《地球停转之日》中就可以看到，影片中那个类人生物及其随同机器人带着善意来到了地球。阿瑟·C. 克拉克1953年出版的小说《童年的终结》中，善良的外星霸主接管了人类。泽娜·亨德森的"人们"系列从20世纪50年代开始发表，这些故事断然抛弃了把外星人表现为虫眼怪物的套路，转而表现人类与外星异族之间的细微差异以及地方居民对陌生来客的反应。在她的故事中，异族的异质性并不外显在身体特征上，沃尔特·特维斯的《坠落到地球的人》（1963）也是如此。在后者中，天外来客与其说是个外星人，不如说是一个圈外人，并因为这点而受到了中央情报局和联邦调查局的审问。这个外星人对地球人不抱敌意，因为他需要地球人帮助他所在星球的人民。1976年这部小说被改编成电影，由大卫·鲍伊扮演这个类人外星人，他把头发染成了橘黄色，给故事情节增添了一种舞台效果。

显然，在这些案例中，作家使用外星人的概念来探究人类的特征，非裔美国作家奥克塔维娅·巴特勒在其1976年开始写的

"模式主义者"系列小说中采用了这种技巧。《模式之主》的故事背景设定在未来，人类遭到了心灵感应者组织的统治。"模式主义者"系列小说描述了这个发源于17世纪后期、从两个不死原型演变而来的组织的秘史。《野种》（1980）描述了这个组织在奴隶制非洲的起源，并构思了多罗（男性心灵感应者）和阿尼安娃（女性变形者和生殖力的人格象征）两个人物。这两人来到美国，意识到美国文化中存在对差异的制度化压制。巴特勒的"异种移植"三部曲（1987—1989）主要讲述了外星异族翁卡利人（有三种性别，永久地被"母世界"所放逐）试图通过基因替换的手段取代人类的故事。剧中的主角利莉思从人工深眠中醒来后，发现一个灰色的、耳朵长毛并且没有鼻子的翁卡利人站在她面前，流利地对她说话。巴特勒对笔下人物的身体特征总是很敏感，总是小心翼翼地展开叙事，以求外星人的形象以及他们与地球人的差异处于不断的变换叙述中。巴特勒自己曾经说过，她的书"是关于权力的故事……我将多种族间不同性别的人聚合起来，他们必须适应他人与自己的差异，同时也要适应自身所产生的不一定能够控制得住的能力"。

如果说巴特勒用科幻构建了一段关于奴隶制的虚构历史，那么奥森·斯科特·卡德1986年出版的小说《死者代言人》就是对南美洲殖民地历史的想象性重构。这部小说的背景设定在未来的卢西塔尼亚殖民地，坡奇尼奥（在西班牙语中有"小个子"的意思）是当地的土著，被人类霸主关在牢笼内以供研究。小说探究了两个族群之间交流所遇到的复杂难题。厄休拉·勒奎恩1976

年出版的小说《代表世界的词是森林》通过科幻的形式对越南战争表达了一种批判，与此类似的是，卡德的叙事将从西方与无文字文明的权力关系中产生的误解戏剧化了。

同样，格温妮斯·琼斯将自己笔下的外星异族命名为“阿留申人”，也是巧妙地暗示了人类当中身处于偏远地带的边缘化人群（阿留申人受到俄国人和美国人的双重欺压）。她称《阿留申人三部曲》（1991—1997）的写作动机是反对征服与被征服的达尔文主义范式。这些外星异族同人类的接触是渐进式的，他们体现出非洲和亚洲文化的特征，但同时又没有性别。用她自己的话来说，阿留申人以“女性”和“土著人”为蓝本，并且体现了对有声语言的怀疑。她怀疑有声语言，是因为“语词造成分裂”，但是作为作家的她又不得不在纸上用语词表现阿留申人那种沉默又能心灵相通的交流能力，这和用非标准的语音标记记录人类语言是类似的。出于这个道理，她意识到自己“把阿留申人表现得非常像女权主义者——死心塌地地要求拥有完全的自由，一心一意要成为有自我意识的、有良好口才的公众人物，而不是放弃自己在自然世界中的位置”。

1988年的电影《外星民族》将异族主题重新聚焦到了美国国内的种族问题上。电影开头处，一艘巨大的飞碟降落在莫哈维沙漠上，在这样一个拼贴式的开场之后，一个新闻广播员告诉观众，飞碟载来了成千上万的类人生物，他们是经过基因设计充当奴工的。这些外来者在身份为人所知之后，定居在洛杉矶和旧金山。电影描述了这些外来者到地球三年后所受的待遇，这也是此类小

图7 格拉汉姆·贝克《外星民族》(1988)的剧照

说的常见手法。通过一种警察—搭档做犯罪调查的模式，电影把这些外来者塑造成新的社会底层，甚至被华裔、非裔、拉丁裔美国人嘲弄和嫌弃。

换言之，通过对异化的白人警察赛克斯和他的外星人搭档弗朗西斯科之间关系发展的描写，电影用外星人入侵表达了对种族主义和民族同化的看法。这个主题处理起来相对轻松，因为在电影中，这些外来者的头部和地球人有所区别，让观众觉得外星人长相都一样，但看起来又像地球人。后来有两部出版物借用了电影的片名，标题都叫作《外星民族》。彼得·布赖姆洛1995年出版的书抨击了美国鼓励第三世界移民的政策，坎农·施密特1997年的研究专著讨论了19世纪哥特小说的民族潜台词。

语　言

外星人从飞碟中出现并说“带我去见你们的首领”的老套场面突出了异族叙事中的问题。外星异族只要开始说话，作为他者的性质就被中和了，因为我们认为语言和生活方式之间存在着联系，语言是人类的本质特征之一。早期科幻为了走出这一僵局，会使用即时翻译装置这一不二法门，或者求助于心灵感应这一无敌利器。在埃德温·莱斯特·阿诺德的《格利弗·琼斯中尉》（1905）中，主人公通过心灵感应装置学会了火星语。

当小说家开始面对异族语言问题时，他们往往依赖于萨丕尔–沃夫假说——我们的世界观是由语言所塑造的，同时，作家们也倾向于表现语言是如何陷于权力斗争的。苏赛特·黑登·埃尔金的“母语”系列（1984）表现了一个由语言学家（男性）统治星际帝国而女性处于屈从地位的未来。书名指一个特定家族的女性共同建构属于她们自己的语言，因为这是被禁止的，所以这种建构运动就成了一种集体授权和抵抗的行动方式。她们建构出来的语言叫作拉丹语，埃尔金期望能够推广这种语言，还通过一个简单的附录对它做出了描述。作为一名专业的语言学家，埃尔金在《语言的绝对命令》（2000）中表达了一个坚定的观点，即语言无法被拥有，语言只能被使用。

迈克尔·毕晓普在《变形记》（1979）中采用了更接近人类学的方法，小说中有一章叫“阿萨迪民族中的死亡和名称”，还有一章则名为“流产的民族志札记”。小说把博斯基威尔特（意为

“绿荫草原”）行星和肯尼亚做了明显的类比，主人公到这个行星的目的是研究阿萨迪人。他写日志，但是数据总是大于他的假设，所以最终写出一份合理的报告成了不可能的事情。毕晓普的小说同厄休拉·勒奎恩的《总是要归乡》（1985）形成了鲜明的对比，后者显然脱胎于作者在人类学方面的家学渊源。实际上这部小说在一定程度上是以一份人类学报告为范型的，在小说末尾还有附录和索引。一开始，叙事者调查了“未来考古学”，而此时潘多拉正准备打开北加利福尼亚凯希文化的“匣子”。通过图画、口述故事的录音等等，作者不断提示读者文本在杂糅文化中的中介作用，这种杂糅文化的形式和价值来自工业化之前的大自然，但也使用电子装置同外在世界相联系，这个世界作为一个整体，构建了人机一体的“心灵之城”。

自20世纪70年代以来，异族的概念逐渐融入性别和民族的文化之争，导致那种老式的外星入侵者逐渐从科幻中退场，但是像惠特利·斯特里伯描述天外来客的那种非虚构类作品除外。外星异族的外表也处于不断的变化中，关于种族和物种的观念发生了变化，这方面的想象总会有相应的变化。“星际迷航”系列中著名的克林贡人最初肤色很深，后来他们的外表才有了更精细的刻画。马克·欧克朗设计了成体系的克林贡语，这种语言后来还吸引了一批拥趸。外星异族入侵叙事衰微，另外一个原因就是这类主题的处理越来越沉湎于技术描写而不能自拔，下面我们将讨论这个方面。

第三章

科幻与技术

所谓的技术往往就是指工具或者器具，科幻常常与技术的演变相联系，部分历史原因在于20世纪早期对技术的推崇。不过，美国文化史学家路易斯·芒福德关于“技术”的观点更有助于我们理解技术的本质，他的定义更加广泛，把信息的传输也涵盖在内了。科幻作品中最常出现的主题之一就是对人类与人类自身发明创造之间的关联的审视，有时候科幻作品会为科技的进步而欢呼，而有时又采取一种否定的态度，例如艾萨克·阿西莫夫就反复描写过技术恐惧症，这是一种对人类被替代的前景的害怕。在本章我们将会看到，城市是未来技术的主要载体。正如德国社会学家瓦尔特·本雅明表明的，城市也是迷宫般的碎片化空间，激发着作家对城市居民的认识过程。

技术是科幻中变化的核心指标。在其所著科幻史中，罗杰·勒克赫斯特将科幻定义为“技术社会的文学”，并把这个传统追溯到19世纪晚期。雨果·根斯巴克是一位出生在卢森堡的科幻作家兼编辑，他的开创性工作就是把技术作为科幻小说的核心要素，他的努力是要在一定程度上把充斥于世纪之交科幻小说中的关于技术革新的林林总总的参考资料给系统化；这些资料有的是关于电报和信息传输的视觉手段的，有的是关于电、飞行器、新式武器和反重力装置的首创应用的。反重力装置开始出现于太空航行的叙事中时，常常敷衍了事，但最后科幻作家们意识到有必要为太空旅行的可行性提供一种有代表性的说明。

雨果·根斯巴克、坎贝尔和“硬”科幻

“科幻”这个词暗示了非虚构和虚构类作品的结合，雨果·根斯巴克的著作提供了这样的例子。他最有名的小说《拉尔夫124C 41+》[①]于1911年开始连载，成书于1925年。在这部小说中他表达了自己的信念：新小说不仅提供娱乐，而且包含科学教育。拉尔夫在小说中是个发明家，出场背景是他从事发明的场所——实验室，而在作为小说时间背景的2660年，整个世界以新技术奇迹而著称，例如“远程摄像”（一种电视）、超短波无线电，以及“睡眠学习机”——一种后来在《美妙的新世界》中遭到过讽刺的、能够直接把信息输入大脑的装置。如加里·韦斯特法所言，雨果·根斯巴克缺少将科学和小说结合在一起的技巧，根斯巴克的作品，一方面在塑造具有双重身份的拉尔夫——既是发明家，又是一个行事夸张的、保护女主角不受狂徒伤害的英雄人物——另外一方面又以铺陈的手法描述了上述科技元素。不过，根斯巴克在呈现现代技术化世界方面却是先行者。当某日晚上拉尔夫和女主角沿着百老汇大街玩“远程摩托雪橇”时，纽约看起来

① 根据英语读法的谐音，“124C 41+”可以联想为“one to foresee for one another”，即“互为预言”。——译注

就是灯光之城的终极典范、电气化城市的终极典范。小说通篇都在大力弘扬电气化，正如1893年芝加哥世界博览会所做的那样。所以，1908年根斯巴克创办《现代电学》这第一本行业杂志，并非巧合。

他对新词的使用也堪称引领了潮流，成了后起科幻作品的标杆。从这股风潮中诞生了两个著名词语：一个是“机器人”，由捷克作家卡瑞尔·恰佩克于1920年创造；另外一个是“赛博空间”，由美国作家威廉·吉布森于1982年创造，指由海量电脑构架的网络所形成的虚拟空间。在以上情况下，这些术语获得了超越文学的普遍接受性，而批评家马克·安热诺诠释了这些新词的用法。他表明，这些新词在对科幻文本的想象性阅读中起到了提示性作用，而读者又为这些新词构建了语境，从而创造了一个叙事中的虚拟世界。

雨果·根斯巴克将技术创新置于小说的前景中，是因为他非常认同技术创新等同于人类的进步的观点，这意味着在他的科幻杂志中他偏爱那些赞美科学的故事。在1931年一篇名为《机器时代的奇观》的社论中，他亮明了自己捍卫的观点：既不能接受把时代的罪恶归于技术的故事，也不能接受未来财富会极度集中、寡头政治利用工业的力量来奴役人类的预言。他宣称要拒绝“煽动非理性公众反对科学进步、反对有用的机器、反对所有发明的此类宣传”。根斯巴克极力抵制20世纪30年代泛滥成灾的质疑科技的潮流，他的策略就是少提制造并销售他所描述的发明所需的工业组织。到了1978年，出现了一位致力于科普事业的科幻作家，他就是艾萨克·阿西莫夫。他调查了科幻小说处理科技的方式，发现了两股势头，一股是乐观主义的（这也是他所认同的），另外一股则担心机器可能会失控。他所称的“机器的神话”是双刃剑式的概念，反映在对技术应用的通常的担忧之中，这种怀疑精神在后来的科幻中并不鲜见。

根斯巴克和自1937年起长期担任《惊异科幻》杂志编辑的约翰·W. 坎贝尔一派的科幻小说，从50年代起被归入了“硬”科幻的阵营，区别于以社会问题为主题的“软”科幻。坎贝尔犀利的编辑方针让科技融进了他发掘的作家所写的小说当中，这些作家包括罗伯特·海因莱因、A. E. 范·沃格特、艾萨克·阿西莫夫等人，他们创作于第二次世界大战前后的作品往往被当作科幻黄金时代的典范。但是，坎贝尔的巨大影响力不应当被看作是规定性或者限制性的，而是对作家们产生了一种挥之不去的压力，促使他们创作出更加专业的叙事，这种压力在50年代之后尤为清楚地显现在美国科幻作品中。同时，50年代那段时间也见证了诺伯特·维纳开创的控制论所取得的发展。人与机器具有可类比性，而非处于对立关系之中——这是控制论这个新兴学科的关键概念。

在1994年的硬科幻选集序言中，大卫·G. 哈特韦尔阐明了这些小说的某些特征。对他而言，这些特征结合了对科学真理的关切、方法保守主义和对文学的普遍性怀疑。然而，这些特征之间存在着张力，尤其是一方面叙事与真实世界之间存在距离，但另一方面科幻叙事又崇尚真实世界的科学原理。虽然哈特韦尔并没有直言，但是他含蓄地表达了对科幻作品的乐观态度，它们体现了“对科学技术文化在当代被赋权的狂想”。深度运用科学概念来写作科幻小说的主要实践者包括澳大利亚的格雷格·伊根、英国的斯蒂芬·巴克斯特、美国的弗诺·文奇和鲁迪·拉克（这两位都是学院派数学家）。

哈尔·克莱门特的《重力使命》（1954）常被当作硬科幻的终极代表作，它描述了一颗名为麦斯克林的椭圆体行星。这是一颗新发现的行星，从每个角度都呈现出科学方面的自洽性。作为世界架构的范例，该小说着实令人印象深刻。小说提出了一系列实际问题，例如导航的问题，也给出了同样实际的解决方案。当克莱门特把注意力转向这颗星球上的居民的时候，他采取了更为谨慎的态度。虽然麦斯克林星人和地球人身体特征有所不同，但他们给人的感觉却好像是拥有麦斯克林星人观点的地球人一样，这不光是因为他们能够和地球人用完美的英语交流。

相比之下，乔·霍尔德曼的《千年战争》（1974）却质疑了用技术来提高人的能力的做法。这是一部军事教育小说，作者将自己在越南从军的经历移植到了外太空。叙事者曼德拉对于与“托伦星人”进行星际战争怀有矛盾的情绪，小说将这种情绪强有力地戏剧化了。几乎没人见过这些托伦星人，他们的外表难以辨识，有时甚至会被误认为是动物。曼德拉在使用尖端武器方面受过训练，其中包括在战斗前催眠敌人。经过这样一种训练，曼德拉渐渐对自己产生了一种梦魇般的恐惧，他害怕自己变成没有人性的战斗机器。霍尔德曼揭示了一种危险，这种危险并非来自假想中的敌人，而是来自太空环境和士兵武器的不可靠性。小说反讽式地利用了星际战争的套路，以此来唤起一场没有明确目标的战争的永恒感和军事训练的自相矛盾，并将整场战争以现代殖民主义的形式呈现出来。

杰里·波奈尔是当代硬科幻的领军人物之一，他写了许多战争故事，可以被视作罗伯特·海因莱因爱国主义的继承者，他们之间的差异在于波奈尔同美国军事机构之间长年保持着密切关系。和霍尔德曼不一样，他认为太空殖民是美国边疆开拓史的延续，在其1970年的政治研究著作《技术的策略》（与斯特凡·T.波索尼合著）中，他认为至少从1945年起，美国就在同苏联进行技术战争。他对这种政治规则的认识则体现在与太空相关的科幻主题的处理当中。1981年，波奈尔当选国家太空政策公民顾问委员会主席，该委员会的成员包括罗伯特·海因莱因和格雷戈里·本福德。该委员会帮助策划了里根总统的“战略防御倡议”（SDI），俗称“星球大战”。

如果仅凭这点就说波奈尔是鼓吹技术进步的，也失于草率浅薄。他最有艺术感染力的小说之一是和拉里·尼文合著的《效忠宣誓》（1982），对所谓的“生态型城市”——这是建筑师保罗·索莱里用“建筑”和“生态”两个词合成的术语——的机制进行了一番探讨。这虽然是个新词，却透露了同韦尔斯和其他作家笔下的那种巨大的建筑群之间的渊源关系。《效忠宣誓》中，在不远的未来，洛杉矶发生了一场种族骚乱，随后建起了一片巨大的自给自足的社区，这就是托多斯·桑托斯（意为“万圣城”），容纳了二十五万居民。这个建筑群是用私人资本建造的，拥有自身的安全系统，看起来具备自我保障功能，但是两名死在进出通道中的年轻人证明了托多斯·桑托斯实际上依赖附近的其他城市而存在，而小说的长处之一也正体现在这里。小说不仅描述了生态型城市，而且讨论了生态型城市的社会价值。书中出现了一个不招人喜欢的类比，就是白蚁穴。小说中这个建筑群背后体现的很多概念借鉴了以往的科幻小说，例如，购物大厦中设有传送带走道，文本承认其原型来自海因莱因。简言之，《效忠宣誓》一方面呈现了技术革命，另外一方面又对此自始至终地进行讨论。

城　市

城市是技术性构建的终极体现，由于这个原因，科幻在很大程度上属于都市文学模式。理查德·杰弗里斯的《当伦敦消失后》（1885）是一部描述伦敦沉入腐臭的沼泽之后大自然得以恢复的后都市题材的小说，即使是这本书也可以被当作19世纪城市发展的反对之声。科幻小说对城市的表现各有千秋，把城市当成了技术变革的实验室。例如，阿尔伯特·罗比达的《20世纪》（1890）描述了巴黎在不久的将来改头换面后的景象，用喜剧的手法刻画了一座商业主义泛滥成灾的城市。有一幅插图表现了凯旋门被投机商买下之后的情形：在那里建起的一座巨大的钢铁平台使得凯旋门相形见绌，在钢铁平台之上是新国际饭店，风格混杂，一味追求宏伟的气派。视觉上的不平衡是对20世纪新风尚的喜剧性讽刺，这种新风尚也从广告标识的泛滥和人们对快速交通

图8 阿尔伯特·罗比达的《20世纪》(1890)中的空中旋转屋

的痴迷中反映出来。卢浮宫甚至有一条电气化甬道，让游客可以不费力地从展品前经过。“空中旋转屋”则在传统城市的高处展示了新技术。罗比达笔下的城市由金属建成，有着清一色的钢铁结构。

弗里茨·兰的《大都会》（1927年初版，2002年再版）为科幻电影提供了一座城市的原型。严格来讲这座城市有两个形象：一个是地上的大都市，是为管理层的精英及其家人而建的；另外一个则是劳工的城市，位于地下。片头展现了电影的场景，突出了属于统治者的阶梯式建筑群，其形态部分参照了勃鲁盖尔的画作《巴别塔》，部分来源于弗里茨·兰对曼哈顿的印象。这个建筑群从画面中淡出，正在运转的巨大机器的影像显现出来。

正是这些机器把大都会定义为怪兽一般存在的城市工业建筑群。特娅·冯·哈布在1927年的电影原著小说中描述了这座“新巴别塔”中统一着装、统一行动的工人。电影中大都会的结构性等级制则再现了哈布的设定，工人的地位甚至在机器之下。《大都会》为后来科幻中的城市形象设定了模式，这种模式同20世纪20年代的城市规划密切相关，如建筑师休·费里斯的《明日大都会》（1929）便为城市规划提供了现代主义的、几何造型的模型。

在《现代乌托邦》（1905）的结尾处，H. G. 韦尔斯描述了主角从健康卫生、一尘不染的瑞士风格的乌托邦回到伦敦后所感受到的震惊。他突然间发现周围都是推推搡搡的城市居民，很多还长得奇形怪状，眼见耳闻和各种气味都让他的感官难以承受。虽然韦尔斯并不苛求完美，但这种不和谐的局面是他在其未来主义

图9　弗里茨·兰《大都会》(1927)的剧照

的城市中所要试图避免的。在《当睡者醒来时》(1899)中，格雷厄姆发现自己已经不在熟悉的环境中，而是身处两个世纪后的伦敦。他被告知“这是财富的时代”，而这种财富的表象就是“泰坦式的建筑”。虽然伦敦还是伦敦，但它已经面目全非，难以辨认。为了增强陌生化的效果，韦尔斯只保留了少得不能再少的地名。在亚历山大·科达和韦尔斯共同制作的电影《未来事件》(1936)中，从当下到21世纪的转变通过埃维瑞城的变化体现了出来，而这座战后重建的城市则是韦尔斯笔下的典型城市。电影的开场表明埃维瑞城一开始就是以伦敦为原址建立的，正如1930年的电影《想象一下》的未来城市原型为纽约一样。在《想象一下》中，这座1980年的城市拥有高耸入云的建筑，空中和地面的交通线层层叠叠。同样，《未来事件》展示了流线型的地下城市，韦尔斯有意将其建筑线条表现得“大胆、不同寻常”。建筑物的巨大体量与电影画面下方矮小的人类形体形成了鲜明对比，大得让人无法捉摸其功能，工业城市的恢宏建筑风格由此得以体现。确实，城市中的第一个生命迹象就是工业活动。

韦尔斯笔下的城市和《大都会》中的城市是工业秩序的象征，同样，美国营养学家米洛·黑斯廷斯所著的《永夜之城》(1920)也描述了德国凭借其死光武器而统治的未来世界。这个政权的统治核心新柏林位于地下，是一个巨大的城市—工业建筑群，可以容纳几百万人，代表了美国科幻作家对社会最丰富的科学想象。新柏林拥有巍峨的会堂和工厂，呈现出“完美的秩序、完美的体制和完美的纪律”，但是这种过度的秩序却剥夺了城市的人性。

城市常常被用作敌托邦的舞台，克利福德·D. 西马克的《城市》（1952年通过编者评述集结成册的“修订”版故事合集）将背景定在未来，那时城市和人类都已经消亡，狗成了传奇故事的讲述者，它们从外部视角以一种反讽的口吻讨论人类或者城市是否真的存在过。在序言中，我们被告知，城市看起来是一种“不可能的结构”，对于任何可能有理性的生物来说，城市都逼仄得难以置信，无法让人生活在其中。詹姆斯·布利什的《飞行的城市》编织了该主题最不寻常的叙事版本之一，即把城市表现为飞船。《为了群星而生活》（1962）描述了这些飞行城市赖以存在的情形。当原材料耗竭，人们便“学俄州佬”——离乡背井去找活路[①]。布利什表现了一种现代性的大萧条，太空城市在其中体现了各种不同的社会可能性。约翰·布鲁纳的《城市的广场》（1965）探索了矩形空地和南美洲都城瓦多斯的政治控制之间的关联。哈里·哈里森的《腾出地来！腾出地来！》（1966）以1999年的纽约为背景，作为世界人口过多的一个缩影，这里的食物供给十分紧张。1973年据此改编的电影片名叫《绿色豆饼》，这是剧中一种合成饼干的名字。菲利普·怀利的《洛杉矶：公元2017年》（1971）描述了一座未来城市，当地严重的污染迫使人类居住到了地下。在这些小说以及其他类似的小说中，危机导致了法西斯式的统治。

① 俄州佬指20世纪30年代从俄克拉何马州出来的移民，他们离开了自己的土地出去找工作。——译注

塞缪尔·德拉尼的《达尔格伦》(1975)描绘了最复杂、最具有超现实风格的城市贝娄娜(根据罗马女战神命名),灾难降临到了这座城市。主角流落到城市中,有过短暂的艳遇,遇到了帮派分子和其他的幸存者,但是对城市的布局却从没有过一种整体感。德拉尼把叙事的视角限制在主角的知觉范围之内,从而取得了这样一种效果。不管主角经过多少个街区,不管他攀爬过多少座荒废的建筑,他从来没有建立一种关于远近的距离感。空间和时间不断地变换,他对城市的视觉感知也在不断变化,而这座城市总是被散落的火堆上升起的烟气笼罩。德拉尼在小说中保持严格的受限视角,从不允许读者比主角"基德"[①]了解更多,虽然故事不断地转换为第三人称。结果,范围模糊的城市空间内部就产生了一种具有生动局部细节的超现实剧情。德拉尼的城市是碎片式的,并且终究是不可知的。

正如维维安·索布恰克所言,战后的科幻电影往往展示城市的负面形象,展现的场景不是残垣断壁就是空房荒庐。这个关注点的一个标志就是将城市塑造为控制网,描述了潜意识编程兴起的英国电视剧《超级麦克斯》和表现了奥威尔式的官僚统治政权的《巴西》(1985)均是如此,这两部影视片都制作于1985年。让-吕克·戈达尔的《阿尔法城》(1965)把以下三种类型结合到了一起:美国的私家侦探故事、惊悚间谍片以及科幻。特工雷米·考辛来自"新约克",他的使命是去抓住或者杀死冯·布劳

① 英文意为"小子"。——译注

恩教授——后者不是我们所想的那种火箭技术专家，而是一位计算机设计师，他设计的计算机包括了阿尔法60，在电影中这台计算机位于具有未来巴黎风格的城市中心。这座城市被描述为“遥远星系的都城”，其实就是计算机自身，雷米被捕之后审讯他的就是这台计算机。

雷德利·斯科特的《银翼杀手》（1982）表现的城市依然是最复杂、最具视觉细节质感的未来城市样板之一。故事发生地从菲利普·K. 迪克小说中的旧金山改为洛杉矶，这是策略性的改动，因为在美国人的想象中洛杉矶富于变化，没有城市能够望其项背。虽然电影背景设在四十年后的未来，电影中的装饰却包含了无数四十年前的美国元素，那是雷蒙德·钱德勒和黑色电影[①]的时代。斯科特“以图片说话”的习惯，使未来主义和时代细节独具一格地混合在一起。上一刻我们看见飞翔的汽车，下一刻就是自行车相继驰过。这造成一种不同寻常的结果，让我们看到了一座有历史的未来之城。迪克虽然没在有生之年看到电影成品，却也参观了电影摄制组并观看了拍摄花絮，为拍摄技巧捕捉到的生动细节所感染，他声称：“这是有真人生活于其中的真实世界。”在电影中，蒂雷尔公司巨大的金字塔象征着权力，片头出现的一只放大的眼睛作为核心意象，暗示着监控，或者是末日银翼杀手之眼，而眼睛这个器官是人与复制人唯一的区别。

---

① 黑色电影（film noir），电影术语，指20世纪四五十年代好莱坞拍摄的充斥悲观和末日气氛、以侦探和警匪为主角的黑白电影，又称black film。——译注

机器人与赛博格

“机器人”这个词语1920年首次出现在捷克作家卡瑞尔·恰佩克的剧作《R. U. R.：罗赛姆的通用机器人》中，情境性地包含了重体力劳动甚至奴役之意。随着这个词的进一步运用，它最终用来指自足的，也许是远程控制的“模拟人类行为并可能在外观上类似于人的人造装置”。在1920年之前，类似机器人的制造品可以追溯到叫作自动机或者人形机械的古老装置。这些装置出现于19世纪的文学作品中，如E. T. A. 霍夫曼的小说《沙人》，埃德加·爱伦·坡对约翰·梅尔策尔弈棋机的赞叹，又如爱德华·布尔沃–利顿的《即将来临的种族》(1871)设想的家务自动机。最早的此类描述要追溯到爱德华·S. 埃利斯的《巨大的猎人，或大草原的蒸汽人》(1865)，小说中的机器高达10英尺，完全由钢铁制成，内部安装了蒸汽锅炉。根据现代的标准来看，这种机器非常粗糙，甚至还戴着维多利亚时代绅士的“烟囱礼帽”。埃利斯的机器是由蒸汽驱动的，它同时具有运动能力、人类外形和代马拉车(通过缰绳来指挥)这三个特点。

机器人出现在20世纪作品中之后，大量的核心议题也随之凸显出来。西德尼·福勒·赖特的《自动机》(1929)呈现的未来面目狰狞，作为进化的“胜利者”，自动机取代了人类。在《大都会》中，发明家罗特旺制造了小说角色玛丽亚的复制品。在《R. U. R.》中，机器人接管了全球经济。人类被机器人取代或复制是机器人叙事中的两大担忧，其本质都是人类惧怕失去自己的中心位

图10　爱德华·S. 埃利斯《大草原的蒸汽人》(1865)的插图

置。菲利普·K. 迪克的小说《仿生人会梦见电子羊吗？》(1968)是电影《银翼杀手》的脚本来源，这部小说的核心主题就是第二个担忧。有机的人形机械被设计成火星殖民地的劳工，但是在世界末日大战后，他们摆脱了奴隶制，回到了遭到破坏的地球。里克·德卡德在为旧金山警方追捕仿生人的过程中，不断地质疑身份的本质。小说从第一页起就展示了一个在许多方面都已机械化的世界，此时甚至连国教也以一种织物处理工艺命名，叫“丝光教”。那么，如何区分复制的人与真正的人类？德卡德没有回答这个问题，甚至不怎么愿意相信复制人不是人类。同样，在《R. U. R.》的第三幕中，两个机器人开始展现出了人的情感，因此也许我们应该担心第三种情况，即因为机器人存在了情感，所以最终将无法区分机器人与人类。

艾萨克·阿西莫夫一直对机器人持有积极的看法，他在20世纪40年代开始出版机器人故事，不遗余力地反对技术恐惧症——他称之为“弗兰肯斯坦情结”——并提出了著名的机器人学三法则：

一、机器人不可以伤害人类或者以不作为的形式让人类受到伤害。

二、机器人必须服从人类的命令，除非该命令与第一法则相冲突。

三、机器人必须保护自己，除非第一、第二法则不允许它这么做。

阿西莫夫理性地把机器人描述为“机器而非隐喻”，这种简单的策略改变了机器人在科幻中的面目。阿西莫夫除了致力于从技术角度表现机器人，同时还拓展了机器人作为工人的转义范围。《两百岁的人》（1976）中隐含了对种族问题的看法，是个特别有趣的范例。和阿西莫夫后来所写的机器人故事一样，这个故事里的安德鲁·马丁一上来就被描写得与人类别无二致，读者要到后来才能意识到他其实是一个机器人。只有他那缺乏表情的脸才暗示了他的机器人身份。在整个故事中，机器人和非裔美国人之间有一个连续的类比。所以，在故事结尾，当安德鲁努力地想要别人承认他的人类身份时，这里面便蕴含了一种对种族主义的批判和人文主义的情怀。小说出版时正值美国建国两百周年，这尤其凸显了这一类比的意义。

虽然赛博格和机器人之间不存在截然的界限，赛博格作为一种人机杂合的存在，与机器人还是有区别的。赛博格是一种控制论机体，即人机一体的系统，这个词是在1960年发明出来的，与外太空生存语境相关。马丁·凯丁的小说《赛博格》（1972）的情节是一个飞行员在飞机失事时严重受伤，其躯体由政府秘密战略行动局重组，条件是他必须为政府服务。小说推断控制论机体在医疗领域的应用将变得极其普遍，并且讨论了它在现代政治权力结构中的作用。1987年的电影《机械战警》主题与此相似，但比小说要更加有名。影片中，一名底特律警察在经过掌控市警署的奥姆尼消费品公司的重组之后，以机械战警的身份上街巡逻，充当不可抗拒的终极执法官的角色，其形象

图11　保罗·费尔赫芬《机械战警》的剧照（1987）

类似于全副武装的牛仔。

不幸的是，试验出了错。虽然《弗兰肯斯坦》没有塑造过赛博格，但它设定了相关的叙事范式；电影中的赛博格演变成了弗兰肯斯坦式的怪物。这位机械战警的原始记忆没有被抹除，所以在电影的后半部分他试图向“谋杀”他的人复仇。

赛博格主题电影中最有名的是阿诺德·施瓦辛格主演的“终结者”系列。该系列首部电影的情节背景设定在当前（1984年），从未来（2029年）穿越过来两个人——终结者和他的对手。终结者内部是武装到了牙齿的杀戮机器，外表覆盖着一层活的人体组织，也就是说终结者是一个充当杀手的半机械人。在唐娜·哈勒维看来，他因为具有自我修复的能力，所以代表着“自足的、自我生发的工具，可以精确地批量生产”。这部电影还打破了动作片的常规，因为终结者最终被其准备加害的女性所击败。

唐娜·哈勒维在她1985年的文章《赛博格宣言》中提出了重要的赛博格理论，她把赛博格概念设定为打破虚假的二元对立——如人与机器泾渭分明的界限——的理论工具。她引用乔安娜·拉斯等人的女性主义科幻作品，赋予了赛博格核心文化概念的地位，因为赛博格代表了我们现代性存在的杂糅本质。她提出，《银翼杀手》中让德卡德又爱又怕的雷切尔，就是“赛博格文化中惧、爱、惑的形象化”。

玛吉·皮尔西1991年的小说《他、她和它》（非美国版又名《玻璃身体》）延续了哈勒维用赛博格来审视社会问题和性别问题的策略，其背景设定为2059年美洲的一块犹太飞地。小说中，名叫约得（希伯来文第十个字母）的非法赛博格被创造出来，用以保护这块定居地，这个情节设计有其历史背景——16世纪的民间传说提到的泥人就是用黏土创造出来保护布拉格的犹太区的。皮尔西在概述泥人故事的章节中插入了回顾约得和主角希拉之间关系发展的内容。赛博格能够思考、表现出快乐，甚至认为自己所处的文化传统是可憎的"怪物"，所以他区别于人的异质性被大大削弱了。约得提到了《弗兰肯斯坦》，这表明他认为自己的受造方式也等同于一种出生。事实上，比起没有任何禁忌的完美的理性生物，他作为半人工生物的性质表现得并不多，因为他的机械性的一面基本上没有外露。

以人类的形象来塑造机器人和赛博格，让人想起科幻作品中屡屡出场的解剖、拆分人体的技术，它的目的是重建或者改造人类。J. P. 泰洛特等批评家指出，科幻中的这个技术主题可以追溯到《弗兰肯斯坦》，布赖恩·奥尔迪斯等作家将该小说视作科幻的原型文本。弗兰肯斯坦用死尸的器官组成了活人，违背了文化禁忌，他创造的"怪物"（或称"恶魔"）并没有名字，所以人们对后者的联想总是和弗兰肯斯坦联系在一起的。这个具有实验性的文本以此表达了对创造生命的矛盾情感。创造者和创造物之间视角的转换只是加强了这种效果。在早期关于生物工程的科幻叙事中，实验者和实验对象之间的这种二元对立最终害死了实验者，这样的例子有杰基尔和海德[①]、韦尔斯的莫罗博士和他的兽

① 《化身博士》中的善恶两个人格。——译注

人、迈克尔·克赖顿《终端人》(1972)中的外科医师和哈里·班森。在最后这部小说中,人体内的植入式电极受附近计算机的控制,意味着班森只能牺牲自己的自由来接受治疗。植入物越是精密,接受植入后人格改变的程度就越大。1990年的电影《全面回忆》(根据菲利普·K.迪克的小说改编)是这种狂想达到极致的表现,在影片中,植入的记忆被当作虚拟旅行商品出售。但是,当道格拉斯·奎德去珍忆公司接受"治疗"时,却发现他早已让别人抹去了自己的记忆。在这之后,当他从自己的另外一个人格豪泽那里接收到一个影像,化装成女人进入火星时,他的身份就分裂为两个了。一直到电影结束,他都无法确认自己属于哪个人格。

计算机

"计算机"一词有两重含义,这两重含义在科幻作品中都有所体现。它可以指一个进行计算活动的人,也可以指进行类似操作的机器。战后科幻作品常出现的问题就是:计算机是人类的帮手还是人类的陷阱?计算机会替代人类吗?科幻作品中流行的观点似乎都是围绕第二个问题而来的。库尔特·冯内古特的第一部小说《自动钢琴》(1952)描述了美国政府如何利用代号为EPICAC14号的巨型计算机预测消费者需求总量。但事与愿违,计算机的预测变成了一种规定,由它来决定应当采取何种最有效率的生产方式,而不管因此会有多少人失业。在冯内古特看来,计算机反映并且加强了人的行为、说话甚至思考的机械化。

菲利普·K. 迪克1960年的小说《伏尔甘之锤》表现了更类似于妄想症的被监视忧虑。在这部小说中，监控者的角色由超级计算机伏尔甘[①]所扮演。这台计算机被安放在日内瓦的地下，位于世界政府的心脏地带，它能够制造移动电子设备，这些设备在使用过程中会收集公民的信息。艾拉·莱文的《这完美的一天》(1970)则以一种更加外显的敌托邦风格探讨了这一主题。在这部小说中，世界政府再次出现，由名为“统一电脑”的计算机在幕后安排事务。它为孩子们分配名字，它委派“顾问”，当有人表现出异端行为时这些顾问就会上门来。操纵这台计算机的是一群身份隐秘的程序员，就和《1984》中的官僚一样，这些程序员的任务就是永远地维持国家的现状。

从伯纳德·乌尔夫探究冷战期间侵略活动反常根源的小说《地狱边境》(1952)开始，计算机就被同军事活动联系在了一起。东西方的军事设施都已经计算机化，双方都拥有自动化控制的军队，因此，计算机替代人类的问题再次出现了。双方的计算机都派遣军事人员到全球各个军事对峙区，行动都如出一辙。莫迪凯·罗什瓦尔德的《第七层》(1959)也表现了类似的计算机对决。叙事者是机械化地下防御工事中的操作员，只要他按下按钮，核战争就会按照自动指令启动。麦克·雷诺兹的《计算机战争》(1967)再现了在乌尔夫的《地狱边境》中首次出现的主题情节。世界被分裂为两个国家——阿尔法国和贝塔斯坦，只有阿尔

① 伏尔甘是罗马神话中的火神，朱庇特之子，维纳斯之夫。诸神手中的神器由他打造，他还建造了诸神的宫殿，他冶炼出的神器代表了诸神的权力和职责。——译注

法国拥有一台计算机，这台计算机预测阿尔法国将拥有超过其对手的经济实力，并最终不可避免地统治世界。但是，另外一个国家的行为不断地与计算机做出的这些预测相悖，结果这些预测从来没有实现过。计算机在冷战政治对立期间象征性的存在同样呈现在《羊童贾尔斯》中，其作者约翰·巴斯并不以科幻创作著称。在这里，西方的意象是一座极其庞大的大学校园，它处在名为WESCAC的计算机的管理之下，这台计算机逐渐控制了所有的决策部门，表明信息就是新的政治通货。与WESCAC相对的是另一座校园（也就是东方）中的计算机EASCAC。这两台计算机之间的对立关系就如同东西柏林的隐喻，它们所划定的界限完全是主观任意的。

此类小说中凸显的主题就是计算机如何为腐败的权力体制背书。当这些计算机逐渐产生感知能力或当它们人格化的时候，它们与专制独裁之间就极易形成沆瀣一气的关系。罗伯特·海因莱因的《严厉的月亮》（1966）看起来就符合这个套路，虽然小说中这一主题的发展更加复杂。海因莱因写了一个关于殖民主义的寓言，月亮在他笔下变成了罪犯和其他“不良分子”的合适流放地。当局使用一台名为福尔摩斯4号的计算机来管理这些殖民地，故事从这台计算机表现异常开始。叙事者叫“曼纽尔”或“曼”，其身份是计算机程序员，他将这台计算机称作“迈克”，这不仅仅是拟人化的意思，而且还是为了把这台计算机与夏洛克·福尔摩斯的兄弟迈克罗夫特合理地联系起来。随着小说情节的发展，“迈克”使用了化名，为自己设计了脸部表情，并且“说话”时用的习语越来越精妙，使得它看起来愈发像活物。但是和其他小说不同的地方是，“迈克”根本就没有支持什么商业财团或帝国主义政权，却在月球反对野蛮统治者的革命中成了领导角色。

在20世纪70年代，计算机安放在固定的位置，看起来像是大型操作台。但是随着电子控制系统的普及和小型化，计算机在科幻作品中的形象渐渐不再是物件，而成了复杂的信息交换网的一部分。计算机的高端化发展与计算机同电子环境的整合是同步的，1999年上映的电影《母体》[①]就包含了这样的转变，把现实生活表现为一种精巧的电子模拟，而向个人遮蔽了“真实”。主角托马斯·安德森是正式的电脑程序员，但同时也是一名秘密黑客，他了解到未来某个时刻人类与机器之间将发生一场持久的斗争。在电影中，真实与虚幻、公共与隐私、人类与机器的二元对立处于不稳定状态，实际上电影的主要魅力正来源于此。二元对立界限不断地被打破，使得观众无从把握纯粹的真实，电影通过这种方式提示了因特网的当代表征——一种无中心、无施控智能的电子广延。此外，《母体》及其续集还阐释了信息技术和片名传达的人体意象：片名Matrix具有两重含义，一是指电子网络，二是指它的词源含义，即“子宫”。主角的身体随着情节的变化而变化，间歇性地变成情节上演的场所，简言之，主角的身体就是自身的技术化。

① 大陆通译作《黑客帝国》。——译注

赛博朋克以及后起科幻文学

赛博朋克小说出现于20世纪80年代，布鲁斯·斯特林在他为《水银墨镜：赛博朋克文选》（1986）所写的序言中指出，这一现象在一定程度上是响应“全球一体化的工具”的结果。在斯特林看来它是一种全球化的小说，他声称：“赛博朋克对边界缺乏耐心。”斯特林掷地有声的评论颇有见地，技术深度介入赛博朋克小说，堪称此类小说的标志之一。这从首创“赛博空间”一词的《神经漫游者》（威廉·吉布森，1984）中就可以看出来。后来的赛博朋克小说对赛博朋克有不同的阐释：网络数据通过三维模型或者更加松散的信息库而具象化，而这些数据的背景则是无限的、开放的系统。这种阐释对于理解《神经漫游者》这部把黑色犯罪小说与计算活动的新意象结合在一起的作品提供了更多的帮助。小说有两条主线：一是主角凯斯与莫利的关系（即书名蕴含的“新罗曼史”之意），二是凯斯寻找办法消除神经系统中的毒素。系统这个词别有深意。在小说中，从人体、犯罪网络直至矩阵，系统在各个层面都在激增，仅这个事实就造成了小说情节的复杂性。故事第一幕以酒吧为背景，酒保装着假肢和钢牙，这为小说定下了基调，即每个角色在某种意义上都是赛博格，或者曾经受到某种侵害性手段的伤害，例如凯斯的神经系统就被毒素败坏了。毒素使得凯斯基本上无法运动，让他陷于关于矩阵的梦境，回忆自己当计算机黑客的日子。他与莫利这个街头角色建立了关系，后者通过手术植入了眼镜，在十指末端植入了可缩回的致命刀刃。诸如此类的角色以“斯普罗尔”为背景而活动，这个词指复合城市，不管是日本、美国还是土耳其，都存在“斯普罗尔”。虽然国家之间存在名义上的区别，但是吉布森笔下的全球主义通过代表晚期资本主义运作方式的跨国公司集团而浮现出来。正如这些角色受到了假肢、药物、电子数据等的“入侵”，他们活动的世界的每一个方面都受到矩阵、全息图、基因工程的塑造。在这个意义上，吉布森召唤出了一个全然技术化的世界，一个通过点阵般的隐喻而建构起来的世界，一切都像被处理的数据一样扁平化了。

在吉布森的《模式识别》（2003）中，也可以发现同样的主题动机。吉布森在这部小说里把情节设定在当下，这并非什么重大的变化，因为他反复坚持说科幻阐释当下，而不是未来。如书名所暗示的那样，小说描述了凯西（凯斯的女性版本）如何调查因特网上神秘视频剪辑的来源。在全球网络中，来源这样的概念是成问题的，因为人们在任何地方都可以接入网络。作为小说的核心主题，阐释也是一个成为问题的概念，因为隐写术和加密术而更加复杂了。

吉布森在《模式识别》中暗示，俄国黑手党可能跟这些视频有牵连。他把叙事的重点放在了诠释学上，重点描述数据阐释的问题。相比之下，帕特·卡迪根的小说则对所有权和网络技术规则更加敏感。她的第一部小说《心灵扮演者》（1987）中的主角艾丽发现自己因为偷了一只“疯帽子”（一种虚拟现实头盔）而触犯了法律，被所谓的大脑警察里里外外拍了个遍。小说中这个奥威尔式的组织使“干洗”一词具有了洗脑的邪恶含义，其强制技术的先进程度超过了《1984》。像光身搜查这样的身体行为改为从内部进行，这暗示心灵也属于国家财产。《合成人》(1991)通过对媒介的描写进驻洛杉矶，这个媒介不是影视系统，而是一种自动交通控制网络，名为利德电网。城市陷入了害怕灾难降临的情绪中，“大灾劫”可能是地震，但在小说中，实际发生的是电力供给的灾难。一场大规模交通堵塞上了媒体的头条，一如其他的轰动新闻。随之而来的普遍性灯火管制冻结了整座城市。在这部小说中，卡迪根表达了同《银翼杀手》等作品类似的对未来的想象：名为“多样化公司”的由计算机在幕后操控的娱乐巨头控制了城市。供电线路的意象成了一种强有力的象征，不仅象征着个人的虚拟现实体验，而且还代表一种自我扩张的关系网。小说标题中的“合成”一词，贴切地表达了洛杉矶人集体经验中的关联、合成的意义维度。在《合成人》中，扩张是一个商业事实，然而在卡迪根2000年的小说《数字苏菲派托钵僧》中管制已经制度化了。该小说中，主角是高科技犯罪调查人造现实分部的主管，正在进行一项虚拟现实调查。一些女性主义者发现，赛博朋克小说极力渲染技术对日常生活的渗透，却没有反思男权主义关于行为和风格的种种预设；卡迪根的叙事较大地校正了这一缺陷。

尼尔·斯蒂芬森是赛博朋克形成期的又一位关键人物，在解释1992年的小说《雪崩》的书名含义时，他说，雪崩是指没有信号时电视屏幕上出现的雪花，但同时也指吸食可卡因后毒品效果消退并导致情绪低落。雪崩在小说中作为一个隐喻有两个重合的含义，一方面指一种毒品，另一方面指一种电脑病毒。小说背景设定在后民族国家的未来时代，美国已经崩溃，取而代之的是一些自给自足的飞地，它们被称作“郊郡”。小说主角弘是一名计算机黑客，同时也是比萨饼快递员，身份和吉布森的《虚拟之光》（1993）中的投递员差不多，都是递送某种货物的人。斯蒂芬森笔下的美国人已经集体脱离了真实的美国，在一模一样的城市居民区内寻求庇护。剩下的那些和美国打交道的人就是“靠着残羹冷炙活命”的街头一族。弘是那种典型的过着刀头舐血的生活，同时依靠讨价还价通过病毒设置的重重关卡的人。书中的病毒正如威廉·伯勒斯小说中所描写的那样，是个涵盖了计算、疾病甚至语言的一揽子术语。通过这部小说，斯蒂芬森区分了虚拟的现实和实在的现实，他笔下的“大街”和吉布森描写的“斯普罗尔”一样，是无数“化身”占据的虚拟公路。斯蒂芬森从印度教中借来“化身”这个词，用它来指网络中虚拟的人格。在《雪崩》中，化身们聚集在一家名为黑太阳的虚拟夜总会。黑太阳这个名字暗示一种神秘的、隐秘的内部组织，但实际上它和真实世界中的大型聚会场所没有什么两样。

斯科特·布卡特曼曾经提出，电子系统主宰了当代世界，赛博朋克和其他的“终极身份小说”体现了这种感觉，从而提供了关于当代文化的最可靠的报告。这些小说展望后机械时代的幻象，表现了最难视觉化的技术形式。然而，正是这些小说的视觉化策略在当代科幻电影和科幻小说之间架起了桥梁。最后要讨论的一批科幻作品，其最主要的主题就是联结。这个联结主题大不相同于以往，以至于人格和技术根本没法割裂。澳大利亚科幻作家格雷格·伊根把电子技术和人类身份之间的关联作为小说的核心主题。在《置换城市》（1994）中，他描写了复杂的虚拟现实建筑群，刻画了从人脑中“复制”内容的过程。谢莉·杰克逊从《弗兰肯斯坦》和《绿野仙踪》里为她的电子拼贴式小说《拼图女孩》汲取灵感，而马克·阿梅里克在《文法机》（1997）中创造了“虚拟写作机器”。J. C. 哈钦斯的《第七子》（2009）是一部关于神秘政府项目的惊悚科幻小说，以播客和纸书两种形式发表。杰夫·赖曼的《空气》（2004）描述了信息技术来到某中亚共和国的情节，书名则指因特网的一种形式。信息技术对该国文化的改造通过文本逐渐“电子化”而反映出来，随着情节的推进，文本中包含了越来越多的电子邮件和音频副本。

对技术变革加速发展的认识导致了“奇点”概念的形成，未来主义者雷蒙德·库兹韦尔和科幻作家弗诺·文奇是此概念的主要贡献者。他们使用一种革命性的变化模式来预言一个属于超人或者人类/机器智能的新时代，它是乐观精神护佑下的黄金时代，承诺着精神的超越性，仿佛自身就是一种科幻叙事。肯·麦克劳德的《牛顿的觉醒》（2004）和查尔斯·斯特罗斯的《渐速音》（2005）等小说对这一技术发展的高潮已经做出了科幻的预言。

第四章

乌托邦与敌托邦

达科·苏恩文将文学中的乌托邦定义为“对**或然历史**的一厢情愿的建构”（强调为苏恩文所加），这个定义同作为一种杂多类型的科幻有着密切的关联，且应被当作是一种语言中的建构，而非对异域的直白描述。苏恩文把科幻与乌托邦联系在一起颇有助益，因为科幻和乌托邦之间不断重合，而它们的分裂也较少出于对概念区别的执着。更多时候，由于文学批评界不太愿意从学术上重视科幻，才导致科幻和乌托邦话语的分裂。幸好人们已经认识到这是往日的偏见。苏恩文列举了乌托邦的一般特征，例如与世隔绝的地理位置，全景式的、一览无遗的描写，某种形式化的体制，还有与读者心目中正统观念相悖的戏剧性策略。

正如很多批评家所指出的，“乌托邦”这个词是个杂糅概念，意为“好地方”或“乌有之乡”。这个词是在1516年作为托马斯·莫尔的名著《乌托邦》的书名而进入英语的。在这本书中，莫尔描写了一个具有理想化秩序的岛国，它位于向帝国贸易和征服开放的新世界的某个地方。莫尔以旅行者拉尔夫·希斯拉德的见闻录的形式呈现了这个故事，为后来的乌托邦叙事树立了典范。希斯拉德在小说中的功能是充当读者所熟悉的生活与新世界之间的中介人。莫尔在书中还展现了乌托邦社会形式的倾向性，即展示和为良序新社会而努力的倾向性。

在这本书中，乌托邦是作为一个终极目标而非事实存在的。乌托邦因地理位置而四面受敌，其奴隶有很多就是战俘，国内也存在犯罪现象和不同政见。莫尔反对超过国家的限制而去追求物质和性欲的满足，在乌托邦内死刑只作为对第二次通奸行为的惩罚而存在。最后，书外的一个因素也可以提一下。写作《乌托邦》的时候，莫尔担任了伦敦市副司法长官一职，当时的伦敦是一个毫无规划、野蛮生长的城市，对英国的乌托邦书写形成了独一无二的刺激。城市发展导致的污染和社会不公在19世纪晚期达到了危机水平。

尤其是到了20世纪，乌托邦出现了被“敌托邦”取代的趋势，敌托邦这个词意味着走向反面的失序乌托邦。此时的乌托邦可能在某种程度上是讽刺性质的，非裔美国作家乔治·斯凯勒的《不再有黑色》（1931）就是一例。在这部小说中，有位科学家发现了改变皮肤色素沉积的办法，从而使得黑人和白人无法再区分开来。当使用这种医学手段的人数越来越多时，美国社会开始走向崩溃。这并未带来人类的解放——这是乌托邦的主要目的——相反，这项新技术给社会带来了混乱。

对于丹尼尔·笛福、乔纳森·斯威夫特、托马斯·斯宾塞、罗伯特·帕尔托克等18世纪的作家来说，乌托邦已经成为写作的核心要素。帕尔托克的《珀金·沃贝克》（1751）是最早的乌托邦小说之一[①]，它把理想社会设置在空心地球之中。《格列佛游记》（1726）是该时期最著名的乌托邦小说之一，它沿袭了异域游记的奇幻传统来审视人类的本性。除了通过对话形式（这是呈现乌托邦的至关重要的方式）在第一、第二卷中对各种制度做了比较性的讨论，叙事把尺寸大小也真实地具体化了，还采用了多视角的复杂写法。小人国一开始让格列佛觉得好像来到了一个乌托邦式的花园国家，但是小人国国民渺小的个头让他渐生优越感。在大人国情形则相反，格列佛同该国人相比好似玩物一般。这造成了一种视觉效果，好像格列佛的视觉焦点从远景切换到了特写。这种视角的变化和书中提到的光学设备都在暗示格列佛的人体知觉取决于同对象之间距离的远近，因而是一种错觉。《格列佛游记》的每一卷都从不同角度讽刺人类的骄傲，如第三卷讽刺人类对实验手段的骄傲，而第四卷讽刺人类自诩高等物种的骄傲：人类徒具人形，而毫无理性。人们反复提出陌生化效果是科幻的典型特征，如果是这样，那么，《格列佛游记》因为使用了复杂的视角转换而直接符合这个标准，在小说中，正是因为视角的转换，格列佛成了自己经历的受害者，成了一个"笨伯"。

乌托邦的黄金时期

从19世纪晚期到第一次世界大战爆发，共有两百多部乌托邦主题的著作面世，除了其中少数脍炙人口的作品，大部分都与

① 原文有误，帕尔托克所著小说应为《彼得·威尔金斯的生平与历险》（*The Life and Adventures of Peter Wilkins*）。

大众无缘。涌现出这么多乌托邦著作，原因有很多，其中必然包括科技的快速变革、美国资本集中到少数人手中、对社会正义的激烈争论等。这些著作使用的叙事技巧各不相同，举个例子，塞缪尔·巴特勒就利用了传统的游历故事模式，让旅行者进入一个奇怪地颠倒了诸多维多利亚时代英国价值观的世界。《埃瑞璜》(1972) 中描述的社会把生病当作犯罪，机器被废除了，因为人类害怕机器会取代人类。加拿大作家詹姆斯·德·米尔在其1888年的小说《铜管中的奇书》中，把船难与失落古卷的套路结合在一起，描述了一个靠近南极的世界，在那里男女已经实现了平等。在《乌托邦》(1884) 中，阿尔弗雷德·D. 克里奇把读者带入了一个外星球，这个星球展现了地球最美好的一面；在《没有城市和乡村的世界》(1893) 中，亨利·奥勒里希则通过火星来客的眼睛呈现了他对社会的观察。

虽然奥勒里希的这部小说气氛欢愉，但我们依然可以听到批判的声音。美国人安娜·鲍曼·托德的《未来共和国，或现实的社会主义》(1887) 假托是一位瑞典贵族在21世纪访问美国时所写的一系列信札。虽然他被穿越大西洋的气动地铁的速度所震撼，但是当他在纽约一家饭店逗留了几日却没有遇到一个人时，他便开始对自动化技术持保留态度了。不过最让他受不了的是城市整齐划一的单调外观，“实在乏味到了极点”，而这种特质也正是共和国所推崇的政治平等的体现。单调是托德描写的主题，有服装的单调，也有生活的单调，国家承担了太多的职能，导致了这个结果。在爱德华·贝拉米著名的乌托邦小说中，叙事者对此倒没有什么担忧。

《回顾：2000—1887年》(1888）是19世纪晚期读者面最广的乌托邦小说之一。世界各地都有这本书的读者，沙皇俄国将此书列为禁书时，无意中也赞美了这本书。贝拉米的小说触发了威廉·莫里斯和H. G. 韦尔斯的乌托邦小说创作，他还在美国民族主义运动中扮演了重要角色，而这场运动主要致力于企业的国有化。在贝拉米的小说的影响下，“沉睡者醒来”这一传统主题流行了起来。这个模式是这样的：主角进入长期的深眠，醒来就到了未来的乌托邦。贝拉米以波士顿作为展示2000年的未来乌托邦的重要地点，朱利安·韦斯特醒来后发现自己置身于干净卫生的大城市，这座城市有着宽阔的街道和空旷的广场。社会冲突消失了，逐利的动机也消失了，因为所有的产业都由国家接管了，军队也承载着社会稳定和谐的理想。生产和消费看起来依然是分离的。虽然贝拉米暗示解放后的妇女有更多角色可承担，但是对女性的“美丽和风度”的强调表明这个国家依然以男性为中心。最让人惊讶的是《回顾》及其续作《平等》(1897）对私人资本通过和平方式转变为国家资本的描写，而这种千年之交发生的转变似乎与人类所做的任何努力都毫无关系。

同贝拉米的渐进主义形成鲜明对比的最极端的例子，当属伊格内修斯·唐纳利1890年的小说《恺撒之柱》，该书描写了美国工人为反对工业寡头政治规则而发动的一场声势浩大的起义，这场起义导致许多人丧生；此外还有杰克·伦敦的《铁蹄》(1908)，它描述了具有原法西斯色彩的寡头政治（即与小说同名的“铁蹄”）在美国攫取权力的过程。《回顾》之后，贝拉米写了一系列的续作，同时代人也有效仿他的作品。贝拉米的影响力历久弥新，这在麦克·雷诺兹的小说中尤为明显。雷诺兹是美国社会主义劳工党的积极分子，专门从事他所称的“社会科幻”写作。在20世纪70年代，雷诺兹创作了一系列小说，以此来回应贝拉米的两部乌托邦叙事。他的这些小说表达了对千年福音的强烈质疑。在《公社：公元2000年》（1974）中，他描写了飞离过度管制的城市社会的移动公社；《平等：2000年》（1977）探究了20世纪的种种社会失败和性无能；在《回顾：从2000年起》（1973）中，朱利安·韦斯特被直截了当地告知：“根本就不存在乌托邦……乌托邦是不可企及的目标。你靠近，它就远离。”雷诺兹对乌托邦的怀疑程度在他的一系列作品里逐渐加深。

在评论《回顾》的文章中，威廉·莫里斯责备贝拉米想当然地认为乌托邦无须挑战时代的各种垄断就能轻易实现，将城市中产阶级理想化了。在莫里斯看来，贝拉米通过把城市置于中央政权的控制之下而延续了其“机器生命”。莫里斯的《乌有乡消息》（1892）同样受到了过于理想化的批评，但却是因为他美化了中世纪的行会制度。小说中的沉睡者醒来后看到一个改头换面的伦敦，在这一点上，莫里斯的描写令人顿生身临其境之感。维多利亚时代的工业和如影随形的烟尘都已消失不见，取而代之的是鲜艳、小巧的房屋，伦敦呈现出了美丽的形象。当沉睡者威廉·盖斯特随意地说到某处风景让他想起了“发亮的手抄本”，这个比喻却给了读者暗示，让我们想到莫里斯的变革从本质上说是回归新中世纪的城市，即回到前现代国家。这种回归的迹象之一就是城市与乡村的迥异之处消失了，莫里斯时代的郊区又恢复为村庄。《乌有乡消息》描述了手工业行会，这是一种社群社会，在这种社会形式中，犯罪消失了（可能是因为逐利动机灭绝了），但是妇女依然要扮演育儿者这一传统保守的角色。当盖斯特跟随导游游览伦敦，后来又泛舟泰晤士河时，新社会的样子呈现在他面前。小说最关键部分是对引起社会巨变的那些变革因素的表现，而这些因素同历史事实存在着某种程度的关联。在伦敦，盖斯特一度看到了特拉法尔加广场与1887年广场场景的“叠化画面”。1887年，特拉法尔加广场上的示威工人和警察、军队之间展开了一场激战，根据莫里斯的乌托邦历史的说法，这场行动是大罢工的导火索，继而引发了重大的社会革命。

韦尔斯式的乌托邦

在反思第一次世界大战的作品《未来会怎样?》(1916）中，韦尔斯承认自己有“预言的癖好”。他对未来的乌托邦式的畅想以多种文学形式为载体。《解放的世界》(1914）的书名宣告了此书的目的，韦尔斯发现，在文学的乌托邦中，解放的欲望是一种普遍的因素，虽然实现解放的手段听起来已经惊人地现代化了。在这本小说中，原子弹被计划用来抹除狭隘民族主义的最后痕迹。原子弹同时也会消灭生活在欧洲较贫困城市中的大量公民，但因为核战争会带来一个由开明国际政府统治的新时代，目的显然是将手段合法化了。在《神一般的人们》（1923）中，一群英国人在外星球上遭遇了未来的可能世界，一个阶级和政府已经消失了的世界。随着时代向前发展，韦尔斯像阿道斯·赫胥黎一样，开始把世界的未来与美国的未来联系在一起。

在《现代乌托邦》（1905）中，韦尔斯把叙事与理论探讨结合在一起，形成了一种杂糅的方法。他甚至把这部作品写成了电影剧本。在小说中，他用了两种声音，但是他打破了让主角的伙伴充当配角这样的老套模式。自苏格拉底对话录起，第二说话人的作用就是为主角阐明道理提供相关的线索，但是在这部小说中，韦尔斯的植物学家同叙事者高傲的理论腔主动唱起了反调。这个人物的存在帮助韦尔斯对文学乌托邦的整个传统提出了评判性意见，帮助他认识到该传统存在猜测的成分，更重要的是，帮助他认识到了那种悬壶济世情怀的虚妄诱惑——改变这一团糟的世界。韦尔斯坚持认为文学乌托邦应当是“运动的”，必须与时代同步演进，他在此援引了达尔文的进化观念，将之作为一种“普遍的生成过程”而加以重述。对于现代读者来说，因为有关于20世纪30年代独裁历史的后见之明，所以嗅出韦尔斯乌托邦小说中的极权主义味道应当是较为容易的。他对人口过剩而导致物种冲突的达尔文式恐惧激发了一种要消灭“弱者”的想法。他以冷漠得让人惊讶的笔触写道，国家应当处理掉所有畸形的儿童，同时，持不同政见的人应当被流放到某座便利的岛屿上去，而不是关到现存的监狱里。民族主义不仅没有消失，反而扩张到了世界各地，结果伦敦成了一个全球性帝国的中心。对于女性的角色问题，韦尔斯依然秉持性别本质主义，继续把养儿育女作为妇女的首要职能。对于种族问题，他的态度同样保守，他用进化理论来证明白种人的优越性是合理的。

韦尔斯在书中用大量的玻璃让伦敦改头换面，这显然是对维多利亚时代砖石建筑的反动。苏联作家叶甫盖尼·扎米亚京的《我们》（1924）以26世纪为背景，他也把玻璃用作“大一统国”的主要建材。但是，玻璃在此处的作用并非仅仅是让更多的光线透进屋内，它承担着更具意识形态色彩的功能。杰里米·边沁在1785年提出了被称作全景敞视监狱的模范监狱设计方案。使用这个方案，监狱管理者可以最大程度上轻松地监视管理所有的囚犯。扎米亚京笔下的政权同样通过监控而进行统治，在一个数学至上、推崇效率的国家内，公民都变成了一个个的数字。在《美妙的新世界》中福特是工业的守护神，美国的科学管理先驱弗雷德里克·温斯洛·泰勒就是《我们》中颂扬的理论家。在这部小说的数学象征主义体系内，统一是国家凝聚力的理想体现，所以叙事者D–503建成宇宙飞船“一体号”这一事件具有非凡的意义，小说就以该事件作为叙事的开端。所有人物都用数字代号来称呼，他们独一无二的重要性都在于同整体之间的联系，这些数字之间存在着统一关系。不同政见通过叙事者自我形象的分裂、自我的瓦解来表现，自我的瓦解只有通过对所谓的幻想中心进行准治疗的手术才能逆转，这个手术相当于脑白质切断术。

韦尔斯最精细的乌托邦研究就是《未来事物的形态》（1933），该叙事假托是菲利普·雷文博士的原始记录，只是做了些编辑。在这部小说中，他通过导致了第二次世界大战的20世纪社会巨变、欧洲民族主义的崩溃、国际政府的诞生、通信交流工具的飞速发展以及人类身体健康状况的改善，追溯了时代的发展历程。韦尔斯以此尽情地嘲弄了早期乌托邦。小罗斯福曾经发表了一篇叫作“前瞻”的研究报告，他在其中称赫胥黎为“最聪明的反动作家之一”。韦尔斯又一次使用了线性的进化模型，但是在这个发展历程和雷文手稿越来越多的空白之间存在着某种令人震惊的不匹配。第四卷（《尚武的现代国家》）应当是这场演化的最强音，但不过是“乱七八糟的笔记杂烩”，好像韦尔斯开始对自己叙事的连贯性产生了怀疑。

《美妙的新世界》等作品中的国家控制

20世纪30年代见证了一系列敌托邦作品的出版，敌托邦国家的职能就是要利用对正统观念的需求来抹除个体性。詹姆斯·奥尼尔冷峻的小说《英格兰的地下世界》（1935）把空心地球幻想（超现实的植物群和动物群）同敌托邦寓言结合在一起，这个敌托邦寓言在叙事者的口中是“种族集体歇斯底里”的结果。叙事者穿过哈德良长城内的一扇盖板门往下走，发现自己进入了一个寂静得令人发怵的地下世界，这里的居民都通过心灵感应来交流。他害怕自己也会被“吸收”进去，就是说被集体意识所同化，从而彻底丧失自己的身份。黑暗的地下场景为这个国家“恐怖机器”一般的感觉增加了一种梦魇般的氛围，可以说这个国家就是那个年代极权主义政体的翻版。

凯瑟琳·勃狄金的《万字旗之夜》(1937)从性别的角度继承了奥尼尔对集体心理的刻画，描写了7世纪的神圣德意志帝国。她举重若轻地表现了神秘主义和异教崇拜如何狼狈为奸，把对女性的全面压迫仪式化，把女性变成了生育机器。国家偶像崇拜在支持这种意识形态方面发挥着作用，在敌托邦故事中，历史的声音往往遭到压制。小说最有力的场景之一描写了一个人物震惊地盯着希特勒的照片，照片上的希特勒不仅完全不同于金发碧眼的标准雅利安人，甚至还在同一个女孩说话！希特勒已经融入赤裸裸的种族主义国家的血液之中了。

阿道斯·赫胥黎的《美妙的新世界》(1932)的写作动机部分源于对韦尔斯乌托邦叙事，尤其是《神一般的人们》(1923)的反感，此外，当时流行的关于生物工程的猜想也给了他部分启发。赫胥黎于1926年访问了美国，之后他坚信美国的未来就是世界的未来，在这个意义上可以说他的这本小说是对全球美国化的一种想象，第一页上伦敦的摩天大楼则是这幅全景的第一个画面。小说中的社会建立在对流水线大规模生产方式的应用之上，这种生产方式以“福特制”而闻名，产品数量和生产效率在其中是至高无上的。考虑到克隆技术，小说描述的生育过程现在看起来实际上没有那么神奇。小说把人类“产品”命名为阿尔法、贝塔等等，在这个社会中，人的命运是由生物方式决定的，社会的标准化则体现在人们所穿的制服和习语当中。严格地说，赫胥黎为人们保留名字是一种前后不一致的做法，因为在那样的社会中，个体性的存在是时代错误。但是，赫胥黎使用名字实际上是为了表明行为主义、马克思主义和工业主义的诉求在那个社会中是趋同的。《美妙的新世界》是一个讽刺性的敌托邦故事，这是通过以下两个方面表现出来的：一是性倒错，一夫一妻制在此遭到谴责；二是描述了两个世界——理性化的世界国和保留地的“原始”社会，两者在地理上相互分离，但是两个国家都存在游走于边缘的人物，通过他们，两个国度之间相互渗透。赫胥黎描写了一个政治上冷漠的国家，人们享受着它提供的无边逍遥，滥用毒品唆麻，这个情节是对马克思的宗教是“人民的鸦片”这个命题的讽刺性改造：现在，鸦片成了人民的宗教。

1958年，赫胥黎成为美国的永久居民，他在那年出版了他对美国文化的调查，将之定位为对他那著名的敌托邦小说的回归。《再访美妙的新世界》刻画了一个阴郁的世界，1932年的想象在20世纪50年代被具象化了。赫胥黎设想了权力的大规模集中，这种状况威胁着个体的自由。他警示世人：“现代技术导致了经济政治权力的集中。”他的这本书意在让世人对这些“巨大的非人力量”的作用保持警惕。他坚持认为这些趋势在下个世纪将达到其发展的顶点，控制全世界的人物将降临世间，美妙的新世界最终将成为现实。

1958年的这本续作勾勒了战后美国科幻小说中敌托邦的一些典型特征，这是赫胥黎所没有想到的。人口过剩的危机在哈里·哈里森的《腾出地来！腾出地来！》得到了处理，在小说中的1999年，纽约成了一个人口密集、食物经常短缺的城市。赫胥黎所说的“政治商业化”成了弗里德里克·波尔和西里尔·M. 科恩布卢特1953

年的小说《太空商人》的主题。小说写道，未来的大公司篡夺了政府的职能，外太空可以开发成定居点，所以也变成了商品。在花哨广告的表象之下，持有不同政见的人受到各种迫害，苦役工人从事着合成食物的生产工作。库尔特·冯内古特的第一部小说《自动钢琴》以工业巨头（原型是通用汽车公司）的工作方式为核心主题，展示了生产线如何左右公司的理念。冯内古特承认自己受到了赫胥黎的影响，他描述了机械如何取代人的活动，同时造成人的“机械化”：人们在鹦鹉学舌般地重复一些家常便饭似的口号的过程中，就被所谓的社会正统观念给洗脑了。

在《再访美妙的新世界》中，赫胥黎表达了对公众接受社会潜在机制的深切担忧。他主要关注一个普遍性问题的最恶劣的例子，那就是操控技术的泛滥。他对洗脑的讨论后来又出现在威廉·伯勒斯、安东尼·伯吉斯和玛吉·皮尔西等作家的作品中。1932年，媒体被证明是一种转移公共视线的手段，雷·布拉德伯里在《华氏451》(1951) 中探讨了这个问题，这是该时期又一受《美妙的新世界》影响的敌托邦作品。在《美妙的新世界》中，赫胥黎不时用到一些文学典故，以此提醒读者已经失落的历史文化。因为布拉德伯里的敌托邦禁书，所以小说不断地提及自身作为虚构文本的重要身份，但是这种元小说技法并不是要提醒读者它的虚构性，而是要把读者置于一种不服从该政权的关系中。这是一本关于禁止小说的世界的小说，这个悖论在读者和主角蒙泰戈之间代入了一种共谋关系，甚至在他的不满浮现出来之前就已经产生了。通过一系列的身份认同（书籍—鸟类—人类），布拉德伯里发现书籍的命运实为整个社会的命运。从这个命题外推，他继而展示了对书籍的禁止如何构成对言论的压制，最后是电视肥皂剧的媒体“共在感”取代了社会交往。特吕弗据此拍摄的电影中，蒙泰戈的妻子带着宗教般的虔诚观看电视节目，电视节目就是诱使她入内的多重结构的电子空间。但是，在小说中，是消费主义驱使她产生了自己被四堵电视墙封闭在内的幻想，这场景类似于当代的三百六十度全景观影。在小说的最后一部分，蒙泰戈飞离了郊区和遭到轰炸的城市，进入了“书之民”所居住的象征性领域，这里的人把人间全部的书都读完了，从而使“有书如人”这个隐喻的字面意义变成了现实。

《1984》及其遗产

“奥威尔式的”这个形容词已经变成了对极权主义政权的标准描述，指以严酷的制度来实现官方权威的政权。在《华氏451》中，蒙泰戈身兼两职，既是消防队员，又是警察。消防队员实际上是清洁工，因为焚书行为就是“清洁”。虽然布拉德伯里想要让焚书者体现多重身份，但身着黑色制服的警察角色在特吕弗的电影中得到了强化，从他们身上能够发现纳粹的影子。在相对繁荣富裕的背景下，强制依然是家常便饭。乔治·奥威尔的《1984》（1949）呈现了英国战后即将面临残暴统治的严峻现实。在小说中描写的政权统治之下，国家情报部门的设备中回荡着德国纳粹（仇恨周）和斯大林时期的苏联的声音，对官方“历史”的伪造、篡改则永无止境。温斯顿·史密斯和蒙泰戈一样，在国家机器内是

图12　迈克尔·安德森《1984》(1956)的剧照

一个操作员，被赋予了亲自见证如何毁灭事实证据的罕有机会。布拉德伯里把电视描述为娱乐，奥威尔则强调电视的控制作用：隐藏的摄像头到处都是，甚至在乡村也是如此。他描写了社会成员相互监视、相互揭发的社会，但令人更加不安的是他们从来不知道老大哥——一个存在于人们推想中的国家监控象征——是否正在监视他们。

史密斯在他的日记中记录了自己的命运。小说冷酷地证实了这种不可避免的情况：隐蔽处响起电子合成的人声，宣告人们被捕了。奥布赖恩告诉吓坏了的史密斯，党内的精英都是自封的、永远的"权力祭司"，因为他们控制着塑造思想和感知的方式。矫正史密斯的态度是不可抗拒的过程，甚至不必带着把他改造成模范公民这样的目的。在小说的结尾处，读者被告知他爱着老大哥，这真是一个讽刺的结局，但是让所有人毛骨悚然的是来自前例的暗示：史密斯很快就会消失，这意味着被处死。

安东尼·伯吉斯的敌托邦小说《1985》(1976) 向奥威尔做了致敬，对敌托邦进行了一系列的反思，有意思的是伯吉斯处理这个传统题材的方式。他讨论了奥威尔对扎米亚京创作的借鉴，以及奥威尔对《美妙的新世界》的摒弃，并把自由的命运作为主要议题。但是，伯吉斯对行为主义的敌意渐渐地占据了主要舞台，这种敌意指向苏联对巴甫洛夫的支持，也指向B. F. 斯金纳后期的著作，后者对待人类实验对象的做法在《发条橙》中遭到了抨击。伯吉斯在那个时候不可能知道斯金纳还参与了MK-ULTRA计划，这是美国中央情报局的一个秘密的意识控制项目。另外一方面，他确实知道斯金纳也写过一部乌托邦小说，名为《瓦尔登第二》，这部小说探索了行为矫正技术。

《发条橙》（1962）反映了公众对青少年行为不良的焦虑，并将当时的秘密监控实验融入了小说。伯吉斯在小说中使用的奇特语言（在小说中叫“纳德萨特”，意为“青少年”）把俄语、美国腔、伦敦东区俚语混合在了一起。为了做到这点，当时同情报部门有关系的伯吉斯从一名身为东欧通的前中央情报局官员那里得到了帮助。小说的叙事者名为亚历克斯，是一名谙熟街头生活的帮派头目。小说分为三个部分：亚历克斯出于取乐目的而施行暴力的行为，导致他被捕；亚历克斯被监禁并接受矫正治疗；亚历克斯回归社会。让伯吉斯恼怒的是，他的美国出版商起先删掉

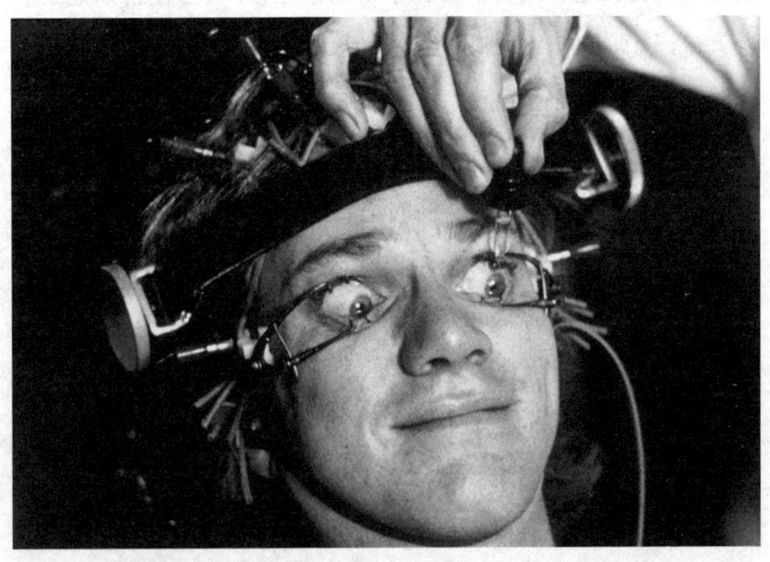

图13　斯坦利·库布里克《发条橙》（1971）的剧照

了最后一章，让亚历克斯陷入了前途未卜的境地。以亚历克斯的口吻来叙事，让读者能够立即感受到这个小群体漫不经心看待暴力和性等的那种心态。因此，这部小说，甚至连同库布里克根据这部小说在1971年执导的电影，都受到了批判，理由是它们美化了亚历克斯团伙的行为。但是，小说的敌托邦诉求实际就体现在对亚历克斯接受的厌恶疗法的描述中，所谓的厌恶疗法就是让对象接触到暴力行为时产生恶心反应的一种对心理的负调控。小说的第二部分对这个过程做了描述。当亚历克斯在看电影的时候，他的眼睛被一种眼科所用的支撑架强行撑开，这是电影中最著名的场景之一。

伯吉斯一贯地抨击当时行为主义的主要倡导者斯金纳，因为他认为亚历克斯遭受的这种治疗剥夺了治疗对象的意志力。因此，《发条橙》可以被解读为对官方实施的行为控制的抨击，这和玛吉·皮尔西在《时代边缘的女性》（1976）中对主角接受电击厌恶疗法的描写类似，也和托马斯·M. 迪施的《集中营》（1982）中叙事者无意间成为政府秘密实验对象的情节类似。这三部小说的叙事者都是实验的对象，他们的主体性都因为实验的恶劣性质而遭到了不同程度的剥夺。

菲利普·K. 迪克所建构的世界

乌托邦叙事有时会谈论自己的建构，即谈论它们自己的理想目标，但与之相对的是，敌托邦往往以既成事实的面目出现，其叙事常常遵循一种对现存政权进行解构的套路，通过如蒙泰戈这样的与现状格格不入的另类主角的行动而展开。菲利普·K.迪克把这种主角同现状的关系作为小说的中心，他不断地抛出这个问题："什么才是真实？"对于他而言，这在某种程度上是一个形而上学的问题，但同时也是一个如何与时代的虚假真实妥协的问题，他自己这么分析：

> 如今，媒体、政府、公司、宗教团体、政治集团制造虚假的现实，电子硬件的存在把这些虚假的世界直接输送到读者、观众和听众的脑子里面，这就是我们生活的社会。

迪克笔下的主角通常被嵌入充满恶意的复杂组织之中，这些组织的运行机制难得一窥，遑论理解。尽管邪恶政权笼罩着神秘色彩，试图去理解其机制的冲动还是不断出现于迪克的作品中。

《幻觉》(1959)是迪克对制度性谎言最强有力的揭露。小说讲述了拉格利·盖姆在一座美国小城里的经历，盖姆所经历的现实中不断出现匪夷所思的事情，最有戏剧性的是一台软饮料自动售货机在他面前解体。越来越多的迹象表明他似乎处在一个巨大阴谋的中心，他发现自己已经陷于可怕的现实和伪造的历史之间。迪克笔下，各种相互竞争的美国形象同写作该小说时社会上普遍存在的对核战争的恐惧密切地联系在一起。逐渐发现自己受困于强大力量的盖姆，是典型的迪克式主角。迪克的小说以冷峻的笔调把主角无力证实自己身份的现实慢慢推向高潮。《倒数第二个真相》(1964)描写了在地下建筑里的生活，这里的居民完全依靠媒体获取外部世界的信息。1966年发表的小说《批发记忆》（1990年改编为电影《全面回忆》）展示了记忆移植的商业、政治体系。迪克小说中的现实总在他处，超越了主人公的能力范围；他最黑暗的小说总是策略性地让读者无法理清头绪，从而对角色的恐慌能够感同身受。对这个主题最极端的处理出现在《谎言公司》（1966/1984）中，主人公怀疑自己从一家计算机巨头公司接受了潜意识信息；它也出现在迪克最后一部完整的小说《瓦利斯》中：地球之外的情报系统揭示了地球的本质，于是小说中的人物深陷于对此本质的思考。

女性主义乌托邦

女性作家一开始就参与了乌托邦写作。玛格丽特·卡文迪什的《燃烧的世界》（1666）是最早描述隔绝世界的小说之一，她笔下的世界只有从北极才能接近，小说中融入了当时英格兰的科学探索活动。由于女性主义学者的历史研究，20世纪70年代出现了夏洛特·珀金斯·吉尔曼复兴活动，挖掘出了如凯瑟琳·勃狄金这样的作家，因此现在我们更加清楚地认识到女性作家对乌托邦以及其他科幻传统的贡献。

玛丽·格里菲思的《此后三百年》（1836）是最早由女性所写的美国乌托邦小说，它描写了一名男性时间旅行者的经历。当这个角色从睡眠中醒来时，他发现铁路已经普及，交通运输业发生了自行驱动车革命，而性别平等也已经实现。和这些以寻常方式审视两性关系的乌托邦不同，玛丽·E. 布拉德利·莱恩的《米佐拉预言》(1881)有点不同寻常，它描述了一个完全没有男人踪影的世界。小说的叙事者叫薇拉，这位俄国公主在北极遇到了船难后从极地的一个入口进入了地下世界。在那里，她发现了一个由女性组成的社会，这些女性消除了社会冲突并建立了一片“脑力劳动者的乐土”，在这里肉体和全体人民都受到合理的科学管理。同时，上帝被认同为大自然，当薇拉带着敬畏凝视米佐拉无边无际的疆域时，视野所及之处无不包含着女性对她们社会的信心。在这个世界里，商业已经集中化，并且同盈利脱离了关系。电力得到了广泛的使用，科学被应用到了生活的每个方面。但是，这是一个白色的世界，有着白色的建筑和白肤金发的女性，遵循优生学的法则来繁育后代。

夏洛特·珀金斯·吉尔曼的《她的国》(1915)通过颠覆失落世界的男性叙事而获得了最基本的力量。她从一开始就用四名男性主人公[①]来表明避免陷于简单的男性刻板印象描写的用意。特里代表粗鲁的探险家，而叙事者凡则能更加明智地评价他们的经历。吉尔曼幽默地描写了四位旅行者在女性之国的无力感——他们得到了良好的待遇，但这却是婴儿的待遇。虽然吉尔曼并不完全避免进行说明，但小说还是通过对风格、着装的细节表现而将性别歧视戏剧化了，用20世纪60年代的话来说，就是用“行为政治”达到了这个目的。实际上，她通过对性别预设的质疑，展现了叙事者对自身所谓男子汉气概的逐渐疏离，并暗示性

① 原文有误，应为三名男性主人公。

别是操演的，即性别的本质中社会控制的成分要大于生理机能，这个观点后来被朱迪思·巴特勒理论化了。

20世纪70年代，在民权运动持续开展了十年之后，美国科幻作品再次关注性别，这主要体现在女性主义乌托邦小说的创作中，同时也体现在对上至19世纪的小说传统的甄别过程中。帕梅拉·萨金特编选的文集《神奇的女性》再次引起了人们对被埋没著作的兴趣，如弗朗西斯·史蒂文斯的《刻耳柏洛斯之头》(1919)。在这部作品中，三个角色通过一种灰色的尘埃被输送到了未来费城的一处“神秘的浪漫之地”。同时，有很多作家都把矛头指向了海因莱因等传统科幻作家以及一般意义上的美国社会所体现出来的性别歧视。该领域最复杂的人物当属艾丽斯·B. 谢尔顿，她是美国中央情报局的前情报分析员，以两个化名出版过小说，其中一个化名是男性的（小詹姆斯·提普区），另一个是女性的（拉孔娜·谢尔顿）。在她的小说《被插入的女孩》中，女性叙事者要求她的男性读者（“僵尸”“老爹”）听听她如何以电子方式与人造的、性感的“小妖精”形象联系在一起，从而被赋予了一个不同于自身的身体形象，这是关于男权社会规定女性美标准的一个讽刺性的寓言。

在这个领域，乔安娜·拉斯是最犀利的批评家之一，同时也是最具原创性的作家之一。1972年，她宣称美国文学“不是关于女性的，不是平等地关乎男性和女性的，而是男性书写的、关于男性的文学”。1983年她出版了一本名为《如何不让女性写作》的讽刺性指南。通过她的宣言，拉斯为自己的小说准备了施展的空间，同时她也挑战了那些无意识的、习惯性的趣味和偏好，她要求读者反思科幻中对女性、局外人的描写。她强化了这个观点：女性在早期科幻中一直受到压制。这个立场的根基现在已经动摇了，因为越来越多的由女性所写的科幻作品被挖掘了出来，这种观点被批评为歪曲了历史。

乔安娜·拉斯于1975年出版的小说《雌性男人》中有四个主人公，其名字的首字母都同作者一样。乔安娜生活在当代美国，她感觉自己必须要乔装成一个“雌性男人”，才能在社会中如鱼得水；珍妮特·埃维森则来自乌托邦星球“悠闲星”，那里的男人已经绝种了；让妮娜是一名纽约图书管理员，她从一场格外漫长的大萧条中活了下来；雅亿是民族志学者兼杀手，在她生活的世界中，两性之间处于公开的战争状态，她的名字则是《圣经》中杀死迦南军队军长的女性的名字。和《她的国》中的情节一样，这四个主人公阻止了任何女性刻板印象的出现，并且承担了不同的角色，这些在小说中互动的角色分别是社会观察家、被解放的女性、历史学家和战斗人员。小说不断地打乱其叙事模式，在访谈脚本和第一人称叙事之间跳跃，从一个主人公跳跃到另外一个主人公。第二部分以“我是谁？”这个问题为引子，而整部小说则围绕这个问题展开。有时候，小说中是哪个“我”在说话并不清楚，从拉斯的角度来说，这是刻意为之的一种策略，因为她不断邀请读者比较、对比不同的章节。在结尾处，拉斯复活了“使节”传统，派出了“使节”把她的小说送到她希望改变的社会中。

新女性主义乌托邦小说要么试图呈现一个女性社群，在这个社群中生育过程完全由女性自己管理，就像在苏西·麦基·恰尔纳斯的《母系》中那样（1978）；要么展现两性之间的冲突矛盾，例如谢里·S.泰珀的《女国之门》（1989）把男性武士文化同独立的女性世界做了对比。

在乌托邦和反乌托邦之间展开漫长对话的小说是厄休拉·勒奎恩的《一无所有》（1974），这部小说的开头就出现了两面神般的意象——一堵墙。小说里有很多影射国际政治的地方，当时柏林墙代表着东西方的对立，但是勒奎恩在代表物质财富、社会保守主义的星球乌拉斯和荒凉的无政府主义乌托邦星球阿纳瑞斯之间做了进一步的对比。小说一开始有一个副标题——“歧义的乌托邦”，勒奎恩让有关这两个星球的章节交替出现，以此来表现这样的双重视角。就这样，读者被迫反反复复跨越两个国度之间的墙。主人公谢维克是阿纳瑞斯星球的理想主义者，作者以娴熟的技巧通过他展开了这种对比，特别是当谢维克访问乌拉斯星球的时候，他的局外人视角特别突出了这个星球的消费主义。当谢维克的科学研究与权力结构（阿纳瑞斯星球的无政府主义宣言甚至声称不存在权力结构）发生冲突时，作者还用他来更加含蓄地揭露阿纳瑞斯星球通过隐秘的意识形态来维持正统观念的做法。在这里，主城被描写为崇尚实效的典范，城市有着矩形网格的布局，所有事物都一览无遗（假定如此）。然而乌拉斯星球的老城却已经衰败，让人联想到《1984》中类似的街区，不过，在那里依然可以享有某种自由。在一篇重要的文章《美国的科幻小说和其他》（1975）中，勒奎恩抨击了科幻中的社会保守主义，因为这种社会保守主义“假设了一种永久性的尊卑等级制度，富裕的、野心勃勃的进攻型男性处于顶端，而底部则是穷人、文盲、无名的大众和所有女性，两者之间存在巨大落差”。拉斯会同意这个看法，为了质疑这种分割方式，她把她的外星人带到了纽约，勒奎恩则引入了一种文化相对主义的视角。

勒奎恩把乌托邦描写为一个没有实现过的终极目标，而《使女的故事》（1985）则描写了一个被实现了的原教旨主义神权国家。玛格丽特·阿特伍德把《圣经》典故（她笔下的世界叫基列[①]）与《1984》、部分美国右派所践行的福音派新教融为一体。在这个另类的世界中，女性被贬低为服务于卫士的资源，而这些卫士就是这个一点都没柏拉图气味的乌托邦中的统治阶级男性精英。[②] 阿特伍德从20世纪社会中提炼出常见的元素，然后用这些元素构建了一个歧视女性的独裁政权，如使用源于父名的姓就是其中一种元素。叙事者被命名为“奥芙弗雷德”（意即“弗雷德家的”），以此来表明她不属于她自己。作为一名“使女”（这个词含有性奴隶的意思），她必须定期为一名卫士服务，而她只有通过完全让自己的意识脱离下身才能做到这点。阿特伍德在通篇小说中暗示奥芙弗雷德属于别人所有，属于全体官方内部人士。奥芙弗雷德只有依靠回忆“以前”的生活来忍受这一切，而回忆已经越来越模糊。和奥威尔的主人公不一样，奥芙弗雷德在小说中是叙事者，尽管存在种种限制，她依然拥有象征性的自我权力，

① 《圣经》里约旦河东部的山地。——译注

② 基列的统治阶层应为大主教。

因为她可以决定如何讲述自己的故事。这种潜在的观点削弱了阿特伍德揭露不同层面操纵（从洗脑到性奴役）时笔调的冷峻力量。在2003年的续作《羚羊与秧鸡》中，阿特伍德将操纵这个主题延伸到了生物工程。

生态乌托邦和"火星三部曲"

欧内斯特·卡伦巴赫的《生态乌托邦》出版于1975年，它让"生态乌托邦"（即与生态有关的乌托邦）这个术语广为人知，并有可能是这个合成词的出处。这本小说以记者威廉·韦斯顿对一处乌托邦飞地的系列报道的形式呈现。该飞地以旧金山为中心，当时已经从美国独立出来。韦斯顿记录了生活方式的转变：人们回归了认同田园诗生活的部分价值观，并选择性地使用技术。他们的服饰变得更加简朴，行人在城市中享有新的优先权，他们定期举行仪式性的战争游戏，以此消除攻击行为。卡伦巴赫在回忆中承认，种族融合并没有实现，非裔美国人生活在独立的区域内，其名为灵魂之城。他的小说反映了科幻文学中开始形成的一种新的环境意识。保罗·泰鲁于1986年出版的小说《O区》描写了未来的美国，在中西部有很大一块土地被封锁隔离，原因是这里受到了有毒废物的污染。食物短缺致使加利福尼亚居民生活陷于困境，该事例刺激奥克塔维娅·巴特勒写下了她的寓言小说。《播种者的寓言》（1993）讲述了一名年轻的非裔美国妇女逃往北方去为名为"地球种子"的宗教建立社区的故事，这个宗教实际上是一种生态活力论。《人才的寓言》（1998）则讲述社区后来落入宗教原教旨主义分子之手的过程。

以上小说中，主人公行动的可能性受限于来自敌对集团的阻力或者官方的惰性。金·斯坦利·罗宾逊的“火星三部曲”才是20世纪90年代最重要的生态乌托邦小说。这史诗般的三部曲把乌托邦和太空移民主题合而为一，不过作者强调他并不想把火星写成避难所，而是要让它成为科学、社会理念的实验室。这三册小说勾勒了始于2026年的发现和探索（《红火星》，1992），然后是为了使火星宜居而对其进行的地球化改造（《绿火星》，1993），最后是火星定居点扩大、动物区系的出现（《蓝火星》，1993）。火星自身在这个三部曲中就是一位真正的主人公，有着自己先于人类的地质构成期。一旦人类旅行者从地球抵达火星，乌托邦就作为目的和过程进入了叙事。小说为辩论设置了多个场所，火星上的第一个研究站一开始是作为乌托邦实验场而存在的。但是，乌托邦同时也是一种整体主义方式，可借以观察萨克斯弗莱杰·罗素所推崇的环境，此公乃美国物理学家，小说中的主要评论员之一。罗宾逊曾经说过，他想要摆脱关于乌托邦的旧式观念，即乌托邦就是遗世独立的去处，而把乌托邦看成是“历史之路”。在小说中，他从来不让读者忘记三部曲的历史背景。

在构思“火星三部曲”的年月中，埃德加·赖斯·伯勒斯、阿瑟·C. 克拉克、亚历山大·波格丹诺夫给了罗宾逊无数的启发，波格丹诺夫的《红色星球》（1908）是一部以火星为背景的早期社会主义乌托邦小说。和这些作品一样，罗宾逊不断提醒我们远征火星的经济成本，小说中的跨国公司为远征火星提供了支持；他还提醒我们地球的意识形态差异有多么顽固，第一册的结尾处，这种差异导致了一场革命。在这个三部曲中，作者多次提到早期的科幻作家，这实际上也构成了罗宾逊自己文本的演变过程，即从“关于火星的想法”中诞生了这个三部曲。所以，小说叙事中包含了两个并行不悖的过程：一是宜居的火星地表环境的形成，二是小说本身从乌托邦构想的子宫中脱胎而出。火星主题继续吸引着科幻加工，因为从火星登陆器发回的珍贵信息依然在撩拨着作家，火星上是否有可能存在生命呢？

在这里要提一下最后一个术语，即米歇尔·福柯在20世纪60年代创造出来的“异托邦”。他用这个词来对比乌托邦的“无空间性”，换言之，“异托邦”是非此非彼的混合空间，它处于一种性质模糊的状态，既包含物质实在性，又难以定位。这个概念尤其适用于对现代城市的描述。例如在塞缪尔·德拉尼的《达尔格伦》（1975）中，小说的背景场所无法保持连贯；在希纳·米维尔的《城与城》（2009）中，读者在不同的空间领域中移动，有时候这些空间领域的边界是明显的，但有时候又是重合的。

第五章

时间的小说

同其他文学模式相比，科幻和未来的关系更加密切，换言之，科幻更多地涉及对时间诸方面的描写。首先，科幻是关于变革的文学，而变革根据其定义意味着对当下的认知要涉及对过去的看法，以及对未来的期待，正是这种期待塑造了当下。虽然对于未来的猜想早已通过塞缪尔·马登的《20世纪回忆录》（1733）、路易斯–塞巴斯蒂安·默西埃的《2440年》（1771）等作品进入了早期的科幻著作中，但促使人们重新思考时间的重要催化剂是19世纪中叶形成的达尔文等人的进化理论。《物种起源》（1859）以及地质研究著作开启了大尺度的时间观念，在这个尺度下人类历史不过是一瞬而已。另外一方面，达尔文伟大的进化论叙事也被同时代的种族理论所吸收。《物种起源》的副标题是"生存斗争中优势种族的保存"，而其结论看起来包含了这个希望："自然选择的唯一动力和目的是每个生命的利益，因此任何肉体的或者精神的天赋都将臻于完美。"不管完美是否是进化的目标，爱德华·布尔沃–利顿于1871年出版的小说《即将来临的种族》的书名就在暗示，当主人公从探井跌入地下世界时，他将遇到属于自己的不远的未来。与此相似的是，乔治·汤姆金斯·切斯尼的《杜金战役》

（也是写于1871年）则引入了一种新型的未来战争叙事类型，其内容为领土争端。马克·吐温1889年的小说《亚瑟王朝廷里的康涅狄格州美国佬》也可以算作是时间旅行故事，故事主要情节是19世纪时的美国佬汉克·摩根被打昏了，醒来后发现自己身处中世纪。马克·吐温使用时间旅行的策略来无情地讽刺整个亚瑟王时期的风气，把它表现为一种无意义的自我神秘化。摩根则代表了一种缺少想象力的实用主义的聪明，这种才智逐渐地摧毁了这个异质世界的神话和仪式主义。

在1902年的名为“发现未来”的讲座中，H. G. 韦尔斯赞扬了达尔文的研究，他认为进化论质疑了世界有一个有限的发端的观念，同时还质疑了人类是最终极的生命形式的观念。相应地，他总结说：“我们正处于伟大变革的开端，这是人类有史以来最伟大的变革。”这句话中包含的乐观主义却没有体现在韦尔斯1895年的小说《时间机器》中，而该小说是时间旅行叙事的范本之一。早期的科幻中，跨越不同时代的时间旅行发生在非正常睡眠的时候，后世的科幻叙事里也有这种模式，这种模式从来没有消亡过。但是韦尔斯的小说标志着同这种写法的重要分野，因为他把时间描述为空间，而在时间中的转换相当于旅行。确实，以空间来隐喻时间，已经成了一种常规的写法，时间旅行不过是让一个坚实的隐喻嵌入了我们的语言而已。韦尔斯首次尝试描写时间旅行的小说《时间中的阿尔戈英雄》（1888）的书名即阐明了这种以空间隐喻时间的策略，它表明时间能够像旅行一样反向而行。《时间机器》不仅描写了一辆运载工具，还描写了旅行本身，这种描述同电影快镜头的呈现形式相同，威廉·霍普·霍奇森的《边境上的房子》（1908）中也有此类描写。韦尔斯把自己看作大隐隐于市的预言家，他以他那个时代的先进文化来教导他的读者，以至于小说的第一章就像是一堂以示范作为高潮部分的科学教育课。然而，小说中时间旅行者的经历根本没有为人类进化提供任何乐观的佐证，相反，他遇到的这个分裂的世界——一半是高贵又脆弱的埃洛伊人，另一半是住在地下的野兽般的莫洛克人——让他对人类的进步失去了信心。当时间旅行者逃离了莫洛克人的魔爪并继续向前做时间旅行时，他经历了更加无望的事情。他发现自己身处一片沙滩，眼前是一片临界景象，仿佛进化的开端和即将发生的宇宙热寂正汇聚到越来越浓的黑暗中。

韦尔斯那穿越时间而旅行的时间机器的概念再次出现于1963年，即英国广播公司的电视连续剧《神秘博士》中那间名为塔迪斯的蓝色警用电话亭。在另外一种情况下，时间旅行叙事试图避免涉及有形的装置。杰克·芬尼的《一次次》（1970）及其续作《时不时》（1995）讲述了政府秘密机构使用催眠技术让人回到历史上的纽约的故事，而理查德·马特森的《吩咐时间回来》（1975）中也有同样的描写。

时间向多重视角开放，过去和未来都成了科幻的主题。默里·莱恩斯特1934年的短篇小说《侧向时间的一边》的中心主题也是时间旅行，它描写了时空中的“混乱”。奇怪的不和谐始现于一座美国小城，某处有人看见了罗马百夫长，另外一处又突然冒出了远古时期的植物。这个故事主要通过数学教师詹姆斯·米诺特的视角来讲述，这位数学老师向他那些困惑的学生解释：有无数的未来和过去通过“超空间”而连接起来。这是超空间的概念最早出现于小说的例子。虽然莱恩斯特试图把不同时期的意象并置在一起，但是叙事自身是连续的，他只能展示一些奇特的转换。因为“时间断层”只能通过地震的类比来表现，小说中的人物在目睹事件过程逐渐失去协调性时只能无奈地旁观。

由于后达尔文式的时间概念，很多出版的小说都以未来历史为主题。奥拉夫·斯特尔普顿在《最后和最初的人》（1930）中把火星人入侵和外星球冒险故事结合在了一起，其编年体的叙事框架跨越了极其漫长的时间。他的叙事者声称自己来自遥远的未来，在向读者展示“关于心灵的伟大主题”，其中包括置于一套宏大叙事之内的人类不同形态的持续演变过程，目的是要表明个体生命是多么的短暂，而人类的潜力又是多么的无穷。《星辰制造者》（1937）以即将发生的战争为背景，用了早期小说的主题——叙事者在宇宙中寻找各种智慧生命。这个故事的情节由一系列太空漫游组成，没有任何的技术支撑，飞行过程相当于是叙事者内部意识的有形外延而已。

在他的旅途中，他遭遇了不同形式的生命和不同的政治组织，这情节在一定程度上预示了艾萨克·阿西莫夫写于20世纪50年代的《基地三部曲》（后来又扩充为七册）。阿西莫夫的“基地”系列在构思上受到了爱德华·吉本的《罗马帝国衰亡史》以及阿诺德·J. 汤因比的《历史研究》的影响。小说以未来为背景，此时星际旅行已经司空见惯；叙事按照《银河百科全书》的条目分章成节，而这部综合性的百科全书是“心理历史学”的集大成之作。“心理历史学”被定义为“研究人类对特定的社会、经济刺激的集体反应的数学分支”，其奠基者为贤人哈里·谢顿。换言之，“心理历史学”是一个能够预测集体行为的宏大体系，这和同样诞生于20世纪50年代的、描述罢工个体对历史影响的“心理历史学”没有什么关系。阿西莫夫小说研究的主题包括权力中心与权力边缘的关系，或者是科学顾问与政治统治者的关系，但限于总体意义上的。虽然阿西莫夫写了一个名叫骡、在银河帝国解体中起到了重要作用的角色，但是他却无法将这个角色理论化。斯特尔普顿和阿西莫夫对未来历史的描写深刻地影响了后世的作家。

史前小说

时间一旦被想象成可以加以探索的广延，那么除了向前方的探索，还有向后方的探索。描写史前生命的叙事被称为“史前小说”，这个用词发源于19世纪60年代的法国，该类型也诞生于法国。以埃利·贝尔泰的三卷本小说《史前世界》（1876，英译本1879）为例，这部小说的开头描写了石器时代的巴黎，或者不如说是未来巴黎的所在地。小说的自然风光中并没有任何人类活动的迹象或者建筑物的存在，而这正是某些类型特征的表现。因为这类小说描述的是文字诞生之前的世界，所以读者在读每一页的时候，都不可避免地意识到此类叙事只是想象性的建构。这类小说也往往属于类型故事，展示些一般性的概念和行为，如物种等级或采集食物等。史前小说为安德鲁·兰、拉迪亚德·吉卜林，当然还有H. G. 韦尔斯（《石器时代的故事》，1897）等一系列作家所实践的进化理论提供了讨论的平台，也为进化理论变得有血有肉提供了想象的框架。失落世界叙事与史前小说这种类型有重合之处，因为它们通常有探险、考古发现这样的情节。柯南道尔的《失落的世界》或罗伯特·W. 钱伯斯创作的故事背后的主导假设就是可以从当下真正地回到远古，好像进化之绳由一股线拧成，每一根线的律动都有自己的节奏。

史前小说的早期创作者中最有名的作家之一是杰克·伦敦，他的《亚当之前》（1907）从一开始就小心地应对读者的疑问。杰克·伦敦凭借这部小说和《星际流浪者》（1914）客串科幻是他天马行空的思维不愿受羁绊的表现，后者中的主人公可以随心所欲地进入各个历史时期。在《亚当之前》中，叙事者把自己描述为梦想家，他有能力把自己读到的信息变为现实，这同迈克尔·毕晓普的《时间是唯一的敌人》（1982）的开场比较相似：叙事者的父亲所用的幻灯投影机可以作为跳板，将他投射到古代非洲的任何一处风景中去。在《亚当之前》中，这种能力被描述为“种族记忆”，它能够使主人公回到远古，去体验其种族意义上的“父母”的生活：他的母亲“像一只个头很大的红毛猩猩”，而他的父亲则是“半人半猿”。就这点来说，这部小说的主题是关于遗传的玄想。

杰克·伦敦把他的叙事者定位成带着读者去游历的梦想家，从而避免了当代叙事同古代主题组合在一起有时候会过于生硬的情况，伦敦想要强调古代和现代之间的连续性，这么处理是合宜的。威廉·戈尔丁的《继承者》（1955）巧妙地构造了与他笔下的尼安德特人的能力密切匹配的话语和感知模式，从而令人印象深刻地避免了这种生硬之感。这部小说的前面部分章节采用了这些尼安德特人的视角。自1980年以来，史前小说的主要创作者之一当属让·M. 奥尔，他的"地球之子"系列以史前欧洲为背景。斯蒂芬·巴克斯特于2002年出版的小说《进化》以从灵长类讲到现代的一系列叙事总结了达尔文主义，每一段叙事都同进化的一个阶段中所预设的观念相调适。

未来战争

由于I. F. 克拉克的开创性工作，我们现在知道，自1871年起至第一次世界大战，即帝国主义的巅峰时期，产生了数量极其多的未来战争叙事。虽然以前也有此类叙事，未来战争这个亚类型还是源自切斯尼的《杜金战役》，这部小说在普法战争刚刚结束的时候就出版了。这部描述德国入侵英国本土的小说在很多国家都有读者。关于未来世界政治格局、大众通讯、军事技术的描写在小说叙事中融为一体，形成了对备战需要的一种全国性警示。这些描写为后来的科幻小说确立了一种可以效仿的类型。未来战争叙事同兵棋活动有密切联系，兵棋是普鲁士人于19世纪20年代发明的，后来就通过计算机模拟而制度化了，有时候这些计算机模拟非常逼真，都难以同现实区分开来。这种困难以及对军方计算机系统可能会失控的担心，构成了1983年的电影《战争游戏》的中心主题。

19世纪末至20世纪初的许多未来战争叙事都被遗忘了，但是在它们的时代，它们是帝国的希望与恐惧的戏剧性代表。比如说，路易斯·特雷西的《美国皇帝》（1897）描述了一名富有的、野心勃勃的美国阴谋家如何登上法兰西皇帝之位。更富有幻想色彩的是古斯塔夫斯·W. 波普的《火星之旅》（1894），它描述了美国宇航员飞往这颗红色行星的旅程。在火星上宇航员们发现了一个拥有发达技术的先进种族，这个种族非常友好，他们的火星海军旗舰甚至升起了星条旗向这些访客们致敬。

可以说，侵略者的身份是不断变化的。在克利夫兰·莫菲特的《征服美国》（1916）中，德国人对美国发动了侵略，而弗兰克·R. 斯托克顿的《战争辛迪加》（1889）却描写了美国和英国之间的战争。这些差异表明世纪之交的帝国主义政策具有多变性，但是有些主题是经常回归的。美国的技术知识和发明创造能力同欧洲大国更为保守的军事组织之间通常处于竞争状态，最后的胜利常常属于"盎格鲁–撒克逊人"，也就是说，属于英国和美国的同盟。此类叙事中有很多都隐藏着种族主义，这在描写所谓的"黄祸"时越发明显。M. P. 希尔1898年的小说《黄祸》描写了黄种人统治世界的残暴计划，他们计划让欧洲大国互相攻击，然后待这些国家元气大伤时，发动对欧洲的入侵。读者被告知，当他们蹂躏法国的时候，"这些瘦骨嶙峋的黄种人兽性大发，暴虐无道"。后来军队中瘟疫流行，上百万人呜呼哀哉，才让西方从军事失利中缓过了气，恢复了种族之间的势力均衡。希尔夸张的描写比起G. G. 鲁伯特的预言还不算那么耸人听闻，后者是俄克拉何马州的一名牧师，在他写的《黄祸，或东西方决战》（1911）中，东西方军队在未来发生了一场大战，而西方最终会打赢，坐实《圣经》的预言。

这些未来战争小说为读者提供了最著名的侵略战争小说——H. G. 韦尔斯的《世界之战》（1898）的相关背景。在这部小说中，有两个意象挑战了作者所处时代的自满态度。第一，小说一开头，读者便得知地球上的人类正处于火星人的观察之中，好像地球人是低等物种一样。第二，当火星人入侵地球的时候，他们的着陆地点瞄准了帝都伦敦。正如大量的评论家所指出的，韦尔斯毫不含糊地颠覆了帝国叙事，并提醒读者不要忘了塔斯马尼亚人的命运——他们在19世纪70年代已经灭绝了，而英国人也可能重蹈覆辙。韦尔斯笔下的火星人有两重性，一重是机械性，另一重是生物性。最后证明帝国的主力无法摧毁他们，因为他们在陆地和海洋上都具有高度机动性，同时也因为他们具有致命的新式武器——热线。韦尔斯小说的初版插图反复展示了倾斜的场景，像是暗示英国在与火星人的战争中总体上失去了平衡。

在他们的金属外壳之下，火星人的真面目如同章鱼一样，长着大脑袋、萎缩的四肢，这副样子是韦尔斯对人类进化前景的想象。从这个意义来说，《世界之战》其实写了一个未来人类进攻现在人类的故事。乔治·帕尔在1953年把这部小说搬上了银幕，把主要背景设定在加利福尼亚。美国军方引爆了一颗原子弹，但对

图14　H. G. 韦尔斯《世界之战》(1898)的初版插图

火星人却没有产生任何的防御作用，该情节让读者明白，未来战争叙事这个科幻文学亚类型是在冷战期间核冲突的背景下再次成为热门的。

后核时代的未来

虽然韦尔斯对以文学形式表现核战争起到了形成性的作用，但是这个主题在冷战期间才成为迫切需要探讨的问题，然后又在20世纪50年代至80年代才成为众多小说的表现对象。韦尔斯的《解放的世界》（1914，美国版书名为《最后一战》）暗示了镭与乌托邦希望之间的关联，尤其是与人类进入后民族时代、战争被终结的希望之间的关联。讽刺的是，小说出版之年正是第一次世界大战爆发之时。1945年，原子弹轰炸广岛和长崎的事件突然间把韦尔斯的小说场景变成了近在眼前的现实，"末日时钟"成了这一现实的象征。自1947年起，《原子能科学家公报》每一期的封面上都是这一意象，时钟设定在差几分钟就到午夜的那一刻。一夜之间，诸多的小说家都在为未来的浩劫以分钟做倒计时，时间变得弥足珍贵。当弹道导弹替代了喷气式轰炸机，预警时间也极大地缩短了，珍妮特·莫里斯和克里斯·莫里斯1984年的小说《四十分钟的战争》（异乎寻常地由伊斯兰圣战分子所发动）把主要情节压缩到了不到一个小时的时间跨度中。在一些乌托邦小说，如苏西·麦基·恰尔纳斯的《走向世界末日》（1974）中，核战争作为常规社会解体的一个方便的解释而存在于背景故事中。

绝大多数核战争小说都以苏联为"反角"，通过身处战争中的美国人的视角，以情绪化的语词描写战争。在核战争中，民族的存亡和个人的生死成了首要问题。在大量的小说中，美国都被描写成已为苏联所占领，如西里尔·M. 科恩布卢特的《不是这个八月》(1955,英国版名为《圣诞夜》),或者奥利弗·朗格的《范登堡》(1971)。菲利普·怀利的《明日!》(1954)有点不同寻常,它描述了对美国中西部两个城市的实际轰炸,而这两个城市的居民一直在争论民防措施的价值。怀利描写了令人震撼的伤亡场面——婴儿被纷飞的碎玻璃开膛破肚,一个男人在脚被炸掉后用胫骨行走——他想用这种振聋发聩的方式让读者明白防御措施的必要性。但是到了1963年,当他的第二本核战争小说《胜利》出版的时候,他对于民防的信心看起来已经破灭了。在小说中,彻底毁灭的大劫难是不可避免的。

朱迪斯·梅里尔的《壁炉上的阴影》(1950)同样产生于核恐怖情绪开始弥漫的阶段,小说描写了纽约的一名家庭主妇想方设法地利用各种适当的可行措施去应对核打击。帕特·弗兰克的核战争小说《唉,巴比伦》(1959)自面世以来,就一直没有停版。小说的情节和梅里尔小说中的自救情节属于同一类别。不过,这部小说采用了比较远的视角,从佛罗里达州中部的一座小镇观察核战争,其情节关注的是如何在抢劫等犯罪行为日益猖獗的情况下维持公共秩序。弗兰克对核打击的这种洁本式描写包含着很多缺陷,当小说逐渐接近尾声,这些缺陷就凸显了出来,尤其是这个矛盾:任何小镇都不可能脱离城市中心而取得食品、医药和电力供应,但是这些城市中心都已经被摧毁了。所以,不等小说情节发展到最后一页,小镇就面临着彻底崩溃的结局,这是不可避免的,但小说却回避了这个事实。

弗兰克准现实主义的写法同内维尔·舒特的《海滨》(1957)

轻描淡写式的叙事相似，后者与1959年的电影改编是对核战争时期的最有争议的描写。内维尔·舒特最初计划写一个求生故事，但是当他对放射性沉降物的扩散有了更多的了解后，他改变了情节，转而写了一个无人生还的故事。小说中，第三次世界大战之后的放射性沉降物无情地飘到了南半球，尤其是澳大利亚。小说的情节分成了两部分：一部分描写墨尔本地区的人万般艰难地接受了他们的命运，以服下毒药自杀作为结局；另外一部分则描写一艘核潜艇开往了美国等地区，去寻找幸存者。出乎舒特所料，这本小说很畅销。斯坦利·克雷默对该小说的改编打破了50年代以耸动的方式表现恐怖的核威胁的套路。当时的《原子怪兽》（1953）刻画了一头在核爆炸之后从北极圈的冰层中出现的生物，而《它们！》（1954）则展示了因附近核试验场的辐射而长成庞然大物的蚂蚁。

相比之下，克雷默的电影并没有这么多的戏剧性，他只是表现了人物的日常活动慢慢地走向停止，并有意避免可能会削弱电影冲击力的任何存有希望的迹象。因为这种立意直接同艾森豪威尔政府的民防政策相抵触，所以电影因它的失败主义而遭到了批判。这部电影的科学假设可能有问题，但它依然是以最谨严的态度反思核战争后果的作品之一。

核战争小说必须处理一个反复出现的关于表达的问题，即如何描写无法形容的事物。很少有小说刻画一场实实在在的核打击，一般情况下核战争小说倾向于描写核战的后果，而这又发生在遥远的未来的某个时刻。所有作家都同意这样的战争会给社

图15 戈登·道格拉斯《它们!》(1954)的剧照

会带来巨大破坏，有些小说把核战争后的景象描写为倒退到前工业时代的世界，一个被摧毁的世界。在阿道斯·赫胥黎的《猿和本质》(1948)和金·斯坦利·罗宾逊的《荒蛮海岸》(1984)等作品中，角色们在毁灭后的世界中翻捡残余的有用物品。在阿尔弗雷德·科佩尔的《黑暗的十一月》(1960)、惠特利·斯特里伯和詹姆斯·库纳特卡合著的以新闻报道形式出现的《战争日》(1984)等故事中，大地已经破碎，被割裂为遭到污染的小块居住地，而且有待主人公们去发现。这部生存小说中对自明原因的一般性强调同詹姆斯·莫罗的《这就是世界终结的方式》(1985)形成了强烈对比，在后者中，主人公受到了一场审判，审判他的是死于核战争的人，是他把他们的命运交到了“疯帽匠”的手上。这是刘易斯·卡罗尔笔下的角色与确保同归于尽的核威慑战略的异文合成，具有荒诞色彩。詹姆斯·莫罗计划把这本书写成对战争受害者的提前悼念。

有两本公认的经典核战争小说值得特别提一下。一本是小沃尔特·M. 米勒的《莱博维茨的赞歌》(1959)，它以三段式结构将核战争描写成西方理性科学探索迷狂到达顶点的结果。小说把犹太–基督教的历史移植到了美国的土地上，并让历史从20世纪50年代开始重演。一场发生在过去的核战争——火焰暴雨是整个故事的序幕，这场核战争消灭了文明，并让无数的人成为畸形人。之后米勒在叙事中重述了西方的文化史，印刷术再次被发明，科学复兴，直至现代民族国家的形成。小说的高潮伴随着终极的重复，核战争在超级大国之间再次爆发。米勒把西方历史描述为已有脚本的循环，它注定了要重复自己。罗素·霍本在《行者里德利》中同样将他的文本当作羊皮故纸上的重写本，这是后核时代的《坎特伯雷故事集》。名为里德利的叙事者绕着弯子去了坎特伯雷，而不是径直过去的。霍本笔下召唤出了新铁器时代的文化，而里德利则要完成他名字所代表的使命[1]，当他在大地上四处走动时，需要破解一个个谜语。他的语言，也就是小说文本的语言，是一种变形的英语，包含着双重的含义，以下面这段文字为例，它就像是亚当的故事和原子裂变这两件事情的异文合并：

> 尤撒愤怒了，他发出辐射，他一直拖着小人亚当的胳膊往外拉。小人亚当被撕裂了，他哭了……他们裂成了碎片，闪光的小人亚当如同涟漪，一波波地发出光。[2]

这里的双关描述的是原子在物理的强力作用下分裂了，接着发生了连锁反应，向外辐射出能量，令人想起从高空鸟瞰的核爆图景。

或然历史

科幻的时标可以向前也可向后延伸，所以在19世纪末，当作家们对历史做虚拟式推想时，关于或然历史的文学类型浮出水面，也就不足为奇了。早期或然历史的作品集有J. C. 斯夸尔的《如果事情不是这样》（1931），在这本集子中，希莱尔·贝洛克和G. K. 切斯特顿等作者对重大历史事件可能会产生的不同后果、

---

① 他的名字Riddley同riddle相关联，暗示谜语之意。——译注

② 原文作为“变形的英语”，大意如上。“亚当”（Adam）和“原子”（atom）谐音，文中的“亚当”（Addom）是两个词的结合。——译注

结局进行了一番推想。第二次世界大战之后这个文学类型盛行起来，“二战”、拜占庭帝国、罗马帝国、美国内战的余绪成了这类小说中最常出现的主题。或然历史小说探索了历史的分岔点，即历史在某个岔路口走向不同方向的问题。这个分岔点往往出现在战争期间，或者着眼于有限的事件，如一场战役或某个继承人的出生等等，换言之，出现在或然历史叙事模型无须十分复杂的节点。

或然历史叙事的目的通常在于另辟蹊径地理解当代社会，因为这类小说起到了向后追溯的时间环的作用，而沿着这个时间环而行的叙事，最终要回到读者所处的当下。在描述美国共产主义革命结局的故事集《美利坚社会主义合众国往事》（1997）中，尤金·伯恩和金·罗宾逊审视了对政治左派的妖魔化。菲利普·罗斯的《反美阴谋》（2004）以林德伯格篡夺罗斯福的总统职位为主题，描写了这个国家反犹主义盛行的局面。哈里·托特达夫（常被称作“或然历史大师”）和布赖斯·扎贝尔在其网络小说《不满的冬天》中质疑了美化被暗杀的肯尼迪的做法。该小说于2007年开始连载，主要情节为肯尼迪总统在暗杀中幸免于难，但随后却因腐败受到了审判。

美国的或然历史小说中有两部公认的经典之作。沃德·穆尔的《迎禧年》（1953）描写了假定美国内战南方获胜，此后美国可能的走向。在穆尔笔下，获胜后的南方经济萧条，尽管废除了奴隶制，但是种族主义盛行，技术发展极为有限。叙事者名为霍奇，他从第一页开始就放出个让人困扰的烟幕弹，声称他是在

1877年写自己的故事，但小说中其实又讲了后世的事件。叙事在一个层面上以不同寻常的成长小说的形式展开，描述了霍奇的书商经历和他作为历史学家的职业生涯。该小说的核心主题是历史以及霍奇重构“历史全景”的欲望，但是穆尔展示的这个社会是如此混乱，以至于无法做理性的描写。穆尔拐弯抹角地涉及了众多历史学家（如布鲁克斯·亚当斯、兰道夫·伯恩等），读者对于单一历史叙事的期待逐渐落空。小说中，霍奇组建了一个团队，其中有位曾经设计过时间旅行机器的科学家。霍奇实现了历史学家的终极梦想：重返过去，去验证他的知识。但是在葛底斯堡战役中，霍奇无意中造成了一名南部邦联军官的死亡，改变了战役的进程和历史，因此再也无法回到他自己的时代了。这样产生的叙事效果相当于在科学实验中观察者干预了数据，从而使实验结论归于无效。

受到《迎禧年》的影响，菲利普·K. 迪克的《高城堡里的人》（1962）描述了美国被获胜的轴心国瓜分的故事。美国的历史因为批量制造的“纪念品”而商品化，小说则对这个发生过程进行了探索，并且用书中之书《蝗虫之灾》这一“反事实”叙事把描述复杂化了。这本书中之书将事实（轴心国战败）与虚构（珍珠港事件没有发生）结合在一起，迪克用这种办法彻底动摇了读者对历史事实的看法，并暗示欧洲历史可以重演——纳粹计划在落基山制造一起事件，来证明他们侵略西方国家并从日本手中夺取控制权的合法性。穆尔和迪克的小说的力量就在于它们带着怀疑的态度关注历史，把它当作一种叙事建构。

或然历史的一个分支是发展于20世纪80年代的“蒸汽朋克”，该术语描绘了此类小说把赛博朋克精神投射到维多利亚时代的特点。例如威廉·吉布森和布鲁斯·斯特林的《差分机》（1990）描述了查尔斯·巴贝奇的早期计算机对社会的影响。在小说中，历史走向的分岔点就在于差分机这一实际发明及其导致的信息技术的变化。小说对19世纪英国做了拼贴式的描写，虚构人物和历史人物各擅胜场。保罗·迪菲利波在他的《蒸汽朋克三部曲》（1995）中以戏谑的方式解构了一本正经的维多利亚时代：维多利亚女王被一个克隆替身所取代，这个替身有着亢奋的性欲；艾米丽·狄金森和沃尔特·惠特曼不仅见了面，而且在激烈的性爱中把礼仪（还有衣服）都抛到了脑后。

灾　难

灾难、天启、世界末日都是科幻中的核心主题，同时这些主题的根源都很古老。同样，种族末日在19世纪也已经成了文学主题，让-巴普蒂斯特·库赞·德·格兰维尔的《最后的人》（1805）和玛丽·雪莱的《最后一个人》（1826）是该主题小说中最有名的两个例子。在玛丽·雪莱的这本书中，是瘟疫导致了人类的灭绝。虽然这些著作以末日为主题，但它们一方面提出了灭亡的推想，另外一方面又暗示生命将继续存在，所以末日永远都不是最后的末日。核弹等可能造成的各种毁灭，自1945年以来开始为人所知，在这些毁灭的威胁中，通常还有一点关于劫后重生的暗示，或者说，某些小说对灾难过后恢复正常秩序还存有坚定的信念。

对于灾难的相反观点可见于苏珊·桑塔格和J. G. 巴拉德的著作。桑塔格研究了1950年到1965年的科幻电影，她认为灾难往往以一种可以预测的模式呈现，是对当前焦虑强有力的表现，但是依然不充分。相反，巴拉德声称灾难故事“代表了通过想象进行的建构性的、积极的行动，[……]，试图在宇宙的游戏中挑战这个明显无意义的宇宙，从而面对它那可怕的空虚”。

灾难可能由生态原因造成，或者由行星碰撞之类的外部力量造成，但是在任何一个例子中，人类牺牲品都没有办法来保护自己免受这些偶然性因素的伤害。在M. P. 希尔的《紫云》(1901)中，一位探险家从北极回来，发现人类已经全部被一片紫色的云毒死。灾难小说的黑暗吸引力在于城市日常生活完全破灭的景象，该小说最生动的场景之一就是叙事者艰难地从伦敦帕丁顿火车站入口处的几百具尸体中间通过。小说的故事构架包括漫长的全球之旅，叙事者对于到处都是死亡的初始印象一次次地得到了印证。唯一能够抵消叙事者孤独感的事件是他在伊斯坦布尔发现了一名幸存的女孩，作者通过这种方式，暗示了现代亚当与夏娃故事的开端。

沃德·穆尔的《比你想象的更绿》(1947)巧妙地把青草设想为一大威胁，这种草大规模地生长，繁殖速度极快。这种恶魔植物逐渐从洛杉矶蔓延至美国全境，进而席卷了世界各地。穆尔以简洁的日记记录作为小说的结尾，表明末日迫在眉睫，这种草吞没世界已经进入了倒计时。相比之下，乔治·R. 斯图尔特的《地球在忍受》(1949)描述了一场突如其来的流行病感染全世界所造成的种种恶果。叙事者名为伊舍伍德，或者伊什（让人联想到伊希——亚希部落的唯一存活者[①]），是一名生态学家，他从加利福尼亚向东前往纽约，记录下文明逐渐崩溃的过程，但小说的第二部分却是关于幸存者如何形成了一个社会。虽然灾难总是被描述为实际发生的事件，但是灾难的起源或含义却具有直接的政治意味。例如，查尔斯·埃里克·梅因的《潮汐退去》（1958）描写了一位新闻记者所做的努力，他试图揭开令人震惊的真相：核试验严重破坏了地球的轴心，导致地球温度不断上升。而在约翰·克里斯托弗的《冬天的世界》（1962）中，太阳辐射逐渐衰弱，地球上出现了一个新的冰期，讽刺性地逆转了殖民地与殖民地统治者的从属关系。

灾难的另一个主要来源就是从外太空接近地球的彗星。法国天文学家卡米耶·弗拉马里翁的《欧米伽：世界的末日》是较早描写彗星造成灾难的作品。小说开头是一节简单的天文课，它确立了本书的主题——行星大冲撞。一颗新的彗星带来了威胁，火星上的天文学家则发来了警告讯息，然后就是濒死地球的景象："整个地平线都被一圈包围地球的蓝色火焰所照亮，宛如火葬堆的烈焰。"实际上，灾难虽然来了，但这并非故事的结局。弗拉马里翁把自己的视角拓展到一个超然的位置，从这里他可以把整个历史一览无遗，并且得出一个道德结论，即时间无始亦

① 亚希是北美印第安部落的一支，伊希是该部落最后一名成员，生于1861年。其部落成员大部分在1871年前后便已为欧洲殖民者所杀，伊希及其家人在躲藏状态下生活了四十多年。他于1911年独自一人露面，1916年去世，被称为最后一名印第安野人。——译注

无终。后世的灾难小说更多地强调生存。埃德温·巴尔默和菲利普·怀利的《星球大冲撞》以一艘宇宙飞船（现代方舟）把幸存者送上了一个宜居的星球，从而在灾难中给了人希望。在拉里·尼文和杰里·波奈尔1977年的小说《路西法之锤》中，一颗接近地球的彗星给美国带来了大规模的毁灭，使得生存最终成了一个疑问。

该小说的情节主要发生在洛杉矶，而洛杉矶一定是文学史上遭遇毁灭次数最多的城市，在不同的时期，洛杉矶遭到过氢弹轰炸，被夷为平地，被水淹过，遭遇过电子系统大崩溃，或者干脆就在大地震之后滑入了太平洋。这些灾难居然全部发生在美国的电影之都，这并非巧合，灾难片自20世纪70年代真正问世之后，一直都很受欢迎。《大地震》（1974）继续使用洛杉矶作为灾难发生的地点。《天地大冲撞》和《世界末日》（都上映于1998年）对外太空彗星来袭的模式做出了修改，都以地球在最后一刻得救收场。不可避免的是，灾难片都试图在毁灭场景的惊人视觉效果上胜出，结果常常是通过技术最终拯救了一座城市或整个世界。

虽然巴拉德的第一批小说看起来描写的是灾难，它们却被构思成了以时间为主题的三部曲。《淹没的世界》（1962）描写了2145年伦敦地区在太阳辐射融化了极地冰盖的情况下所经历的变化。热带动植物以古怪的方式层层盖住了伦敦，伦敦没有消失，它只是被淹没了。主人公克兰斯生活在一个水世界中，他对旧世界的不多的记忆正在慢慢地消失。三部曲的第二部《燃烧的世界》（1964）/《干旱》（1965）描绘了大地焦枯的未来世界，沙子成了巴拉德笔下的核心意象，一个同时间有着传统关联的意象。收官之作《水晶世界》（1966）让当下的一切以结晶的形式发生了超现实的变化。大自然的性质又一次被篡改了，喀麦隆丛林的有机构造被赋予了易碎的、宝石一般的质地。严格来说，这个三部曲由后灾难叙事组成，以超现实的方式展现了已知世界。巴拉德曾经多次声称自己获益于超现实主义艺术家，尤其是他们那些展现固体对象融化、流动的游戏。

在巴拉德的早期小说中，时间的不同维度——持续性、历史等——不断地转换，正如一般科幻小说一再将时间表现为空间的广延，向前是探索未来，向后是追溯历史，偏离原来的时间轨迹就进入或然历史。有很多科幻小说家会同意塞缪尔·德拉尼的看法，他否定了科幻作家是在同未来打交道，他认为科幻中的历史其实就是扭曲的现实。实际上，时间在科幻中是一个极为复杂的因素，在我们的大众文化中亦然。荷兰作家弗雷德·波拉克里程碑式的专著《未来的意象》（英译本出版于1961年）认为，因乌托邦理想和末世论信仰的式微，现代社会沦为当下的延伸，但是本章讨论的小说却体现了一股蓬勃之气，证明科幻所秉持的时间意识一直都是思考的前沿阵地。

第六章

科幻的领域

在这最后一章，我不想定义科幻，但是要指出，反复企图再定义、再描述自身的冲动是内在于科幻的，这伴随着科幻为了在文学市场中定位自身而做的不懈努力。古斯塔夫斯·W. 波普在其1894年的小说《火星之旅》的导言中提出了为何他的叙事作品难以分类的问题，他的回答是他那个时代变化太快。如果要为他的小说贴个合适的标签，那么可能是“科学罗曼史”。早先有人用这个词组描述儒尔·凡尔纳的小说。波普指出，人们批判这个概念，是因为他们认为星际旅行是不可能实现的，在他们看来这和魔法或神话处于同一个层次。波普否定了这项指控，但他愿意在介绍自己的处女作时讨论一下科幻命名的问题，这是科幻拥有自己的身份的一个先兆。“罗曼史”在19世纪的批评语汇中是一颗万灵丹，可以指一切非现实主义的叙事类型。因此，在“科学罗曼史”与经验主义、超越现实的作品之间就存在着一种张力。1933年，在为自己的科幻作品集所写的序言中，H. G. 韦尔斯试图回应科幻分类的问题，他在自己的作品和凡尔纳的作品之间做了一个严格的对比。后者当中无所不在的细节与韦尔斯用以称呼自己作品的所谓“幻想文学”并无瓜葛。在韦尔斯的“幻想文学”中，技术创新被嵌置于“日常世界”以探明其效果。韦尔斯对“科学罗曼史”颔首赞同，是以对自己创作实践的深入分析为基础的，他将其目标描述为以新的视角看待人类经验——这自然激发了后来者围绕科幻展开更多的讨论。

媒介与交互文本

对科幻进行一劳永逸的分类的冲动，忽略了很多小说所具有的文类杂糅性——例如《莫罗博士岛》融入了哥特小说的特征，而《禁忌星球》则吸收利用了莎士比亚的《暴风雨》，凡此种种，不一而足。电影的兴起与科幻的出现碰巧凑到了一起。两者的关联体现在对奇观、非凡特效的一贯痴迷上，例如乔治·梅里爱的《月球旅行记》（1902）和《奇幻航程》（1904），就堪称这方面的开拓者。H. G. 韦尔斯自己的“电影故事”《未来事件》（1935）是最早的以书籍形式出版的剧本，这是他参与自己作品的改编，制作“奇观片”的直接例子。在20世纪70年代以后，借助越发高端的特效技术，好莱坞加强了对科幻影片的驾驭。

所有的文本都是交互文本，因为文本通过互指能够产生自己的意义。但是，科幻的互文性尤其突出。作为一种文学模式，科幻总能够在不同的媒介中找到自己的表达方式，尤其是通过电影这种媒介。科幻著作往往不是单行本，而是一个系列。以韦尔斯的《世界之战》为例，它就引出了一连串的跟风之作。在出版后的几个月内，市面上就有了盗版，名为“来自火星的斗士：波士顿市内和近郊的世界之战”，这个盗版发表在《波士顿晚邮报》(1898)上，调换了一下故事背景，这样方便以后继续改编。在同一年，加勒特·P. 瑟维斯凭借《爱迪生入侵火星》这一机敏反驳，补偿了对地球遭遇失败的描写。这次，美国领导下的世界各国把战火烧到了火星上，在火星人(巨大的人形生物)的老巢击败了他们。该书的书名已经表明小说是在鼓吹美国的军事技术。1938年，奥森·韦尔斯和水星剧场联手制作的著名无线广播剧以新闻报道的纪实手法做了个试验，结果大获成功，民众普遍相信听到的是事实。战后，乔治·帕尔的1953年的电影把该故事的不同版本编织在一起，再次改变了背景，把地点移到了加利福尼亚，片中的火星人拥有甚至连原子弹都无法破坏的飞行器。乔治·H. 史密斯的《第二次世界之战》(1976)描写了类似的威胁：在一个平行地球上，火星人接种疫苗以抵御地球病毒之后，剧情反转了。尽管火星人接种了疫苗，他们还是在试图建造原子弹时被灭了。最后，史蒂文·斯皮尔伯格的2005年的电影把故事情节搬到了美国东海岸，使用了更多壮观的特效，在开场时火星人早就在地球上扎根，但是影片又重复了韦尔斯最初设定的结局，即火星人因病毒感染而溃败。所有这些作品都对韦尔斯的原典做了重大的改动，以使它适应不同的全国性紧急情况，或适应不同媒介的要求。

自20世纪70年代以来，电影大片中涌现了不同的、更加商业化的电影类型。举一个著名影片的例子，雷德利·斯科特的《银翼杀手》(1982)的片名来自威廉·伯勒斯的电影剧本小说，而伯勒斯又是借用了艾伦·E. 诺斯描写非法医疗用品走私活动的

《刀锋战士》(1974)的书名；电影情节改编自菲利普·K. 迪克的《仿生人会梦见电子羊吗?》(1968)，而这本书则改了书名和电影一起搭卖。电影中的意象仿效了《大都会》和黑色电影。这部电影杀青后有几个不同的版本，其中最主要的是国际版和美国剪辑版。影片上映后，发行了大量关于这部片子制作过程的电影纪录片，也出了很多研究著作，影片后来还被改编成视频游戏，J. W. 杰特的三部系列小说又继续发展了这些题材。根据这样的事实，可以清楚地看到作为主体的电影如何起到节点的作用，众多在它上映之前或者之后产生的作品汇聚到一起，它们是如此的不同，所以单一的、独立的作品概念开始落伍了，取而代之的是特许专营或富有弹性的商业版权。

杂志和科幻共同体

科幻杂志在科幻的发展过程中扮演了独一无二的角色，其中部分是作为出版的媒介，部分是充当争论科幻本质的论坛。到19世纪90年代为止，刊登科幻作品的通俗杂志已是林林总总，但首份主打科幻的杂志则要属雨果·根斯巴克创办于1926年的《惊奇故事》。该杂志的创刊号刊登了爱伦·坡、凡尔纳和韦尔斯的故事，彰明了自己科幻杂志的宗旨。雨果·根斯巴克称这几个作家的作品为“科学小说”，是把“浪漫的爱情与科学事实、预言式的想象结合在一起”的故事。根斯巴克自视为教育者，他用这本杂志以及包括《现代电学》在内的其他出版物来倡导科学。《现代电学》的编辑按语和《惊奇故事》一样，在其中他坚持说这些故事

“总是富于教育意义的”。根斯巴克强调科幻小说的新奇性，同时他的杂志也向围绕科学和冒险两者关系以及科幻的文学旨趣的争论开放，这为后来的科幻杂志定下了基调。在20世纪三四十年代，美国和英国的此类杂志数量呈增长趋势，雨果·根斯巴克作为科幻掌门人的衣钵也传给了后人中最有名气的小约翰·W. 坎贝尔。

1937年，坎贝尔接任《惊异科幻》（后来改名为《类似体：科幻与事实》）编辑，然后迅速地把杂志转变为发表艾萨克·阿西莫夫、罗伯特·海因莱因等崭露头角的年轻明星作家作品的媒体。坎贝尔有技术方面的背景，在1946年的编辑按语中，他宣布“科幻是由具有技术思维的人群写的，是关于具有技术思维的人群的，也是为了满足具有技术思维的人群的”，听起来他赞同根斯巴克对特定主题的偏好。事实上，坎贝尔自己对科幻的认知要更加多样和灵活。根据他手下作家的说法，他提出的标准因为坚持严谨的情节架构和表达的一贯性，所以显得尤为重要。还有一些地方显示出他试图把一种新的专业素养注入科幻写作。凡此种种，在后来的几十年中功莫大焉。

上面提到的杂志都是美国的，但是在20世纪60年代，随着一本新出版物的问世，局面发生了变化。1964年，迈克尔·摩考克接手了英国杂志《新世界》，将之改造成科幻中先锋实验派的重要媒体。在第一期中，他承诺会给读者带来“太空时代的新文学”，并且呼吁改革已经显得平淡无奇的50年代传统。他的策略包括使用跨媒介的手法，图像在此又一次体现出了重要性。他认定某些现象为“自我欺骗的阴谋”，就会全面出击。他支持像威廉·伯勒斯这样有争议的人物，参加了大量的60年代先锋实验，挑战表达和题材方面的禁忌。在摩考克的领导下，《新世界》不仅出版了布赖恩·奥尔迪斯和J. G. 巴拉德等新生代英国作家的作品，还吸引了托马斯·M. 迪施、托马斯·品钦等人来投稿，削弱了美国在科幻杂志界一统天下的霸权。

除了明确科幻杂志在科幻发展过程中的作用，我们还应当注意科幻共同体是如何通过各种方式来巩固科幻作品地位的。自20世纪30年代以来，在文学杂志之外，科幻迷杂志（后来又被称为zine）扮演着业余爱好者时事通讯的角色，常在地方科幻迷团体中传播消息。1934年，雨果·根斯巴克建立了科幻联盟；到了1940年，洛杉矶科学奇幻社接手了其名下的活动。这是资格最老的科幻社团之一，第一批成员中就有雷·布拉德伯里。各类科幻社团每年颁发的奖项加起来有很多，其中最著名的是雨果奖（始于1955年，以雨果·根斯巴克的名字命名）、星云奖（始于1965年，由美国科幻奇幻作家协会颁发）和阿瑟·C. 克拉克奖（始于1987年，主要由英国科幻协会和科幻基金会联合颁发）。

类型的流动性和类型的再发明

科幻一再地被与哥特小说和奇幻小说这两个相近的模式联系在一起。布赖恩·奥尔迪斯在他写的科幻史中将《弗兰肯斯坦》视为原始文本，两种模式就是相继从中发展出来的。虽然奇幻文学批评常常模糊科幻和奇幻的界限，讨论的同一个文本对象有时从科幻渐变为奇幻，有时又从奇幻渐变为科幻，但是，奇幻在某些马克思主义批评家的眼中与科幻截然有别，因为有的奇幻叙事完全和历史脱离了干系。英国作家希纳·米维尔在自己的小说和文学批评中曾经质疑过这种两分模式，尤其反对认为奇幻是反理性的无稽之谈的观念。他提出科幻中有许多所谓的科学都是“点与波浪线”，意谓这不过是堆积貌似科学的解释，而奇幻则经得起分析。他声称“构造一个偏执、虚幻的整体，至少是暗中具有颠覆性的激进之举，能够弘扬人类意识当中最独特、最具人性的方面”。

科幻要发展必须牺牲奇幻，这是一种现世主义者的意识形态，这种偏见绝不可能一直在科幻中占据核心位置。例如，世纪之交的火星叙事就反复地把火星同唯灵论联系起来。1903年，美国博物学家路易斯·波普·格拉塔卡出版了《未来火星生活的确定性》，阐明了对“转移流”——生命从一个阶段（星球）转移到另外一个阶段（星球）——的信念。对于亡者的灵魂而言，火星就是某种乌托邦式的中转站。更著名的是C. S. 刘易斯的《空间三部曲》，在构思的过程中，其写作重心看起来转向了基督教神话。第一部《沉寂的星球》（1938）把自身描述为“时空的故事”，明白无误地承认了与韦尔斯的渊源关系；但是第三部《黑暗之劫》（1945）却宣告自己是受到奥拉夫·斯特尔普顿的启发而写的“童话故事”。显然，刘易斯没有把这个标签当作是贬义的，不过，在热衷于唯物主义主题的批评家那里，科幻中的宗教题材往往会整个地被忽略。

即便如此，宗教依然是科幻发展史上的重要焦点。小沃尔特·M. 米勒的《莱博维茨的赞歌》(1960) 利用基督教来攻击整个西方的科学理性传统，认为正是这种理性发展到了顶点才催生了核武器。菲利普·K. 迪克在他的职业生涯中描述了他创作的主人公如何试图超越所处位置的物质局限而找到终极真理。弗兰克·赫伯特的《沙丘》(1965) 在沙漠和中东神秘主义之间建立了一种象征性的关联，虽然他没有努力地把那套精神信仰整合到叙事当中，而只是从这个信仰体系中挪用了些阿拉伯语辞藻。天文学家卡尔·萨根在其1985年的小说《接触》中探究了证明神灵存在的种种困难，更近些的则是玛丽·多里亚·罗素，她在《麻雀》(1996) 及其续作《上帝之子》(1998) 中分析了与异族接触时的宗教维度。科幻中宗教的存在几乎是不足为奇的，因为科幻有质疑局限性和界限的倾向，同时还有什么比必死的命运更富有挑战性呢？

且不说精神和物质的主题之间反复呈现的张力，科幻早已成了一个杂糅程度不断提高的存在。20世纪60年代，科幻作家开始用非类型小说的材料进行创作实验，如约翰·布鲁纳借鉴多斯·帕索斯，托马斯·M. 迪施借鉴陀思妥耶夫斯基和托马斯·曼，约翰·斯拉德克借鉴18世纪流浪汉小说，这些只是科幻在总体上突破传统文学类型限制的几个小小的例子而已。

不仅是科幻作家会借鉴传统体裁，所谓的主流作家也在越来越主动地采用科幻主题和科幻的写作方式，这是科幻地位转变的一个重要迹象。库尔特·冯内古特的《五号屠场》(1969) 中的主人公比利·皮尔格林过着不定时、不定点的生活，这是他被送到特拉法玛多星上的迹象之一。库尔特·冯内古特利用关于外星人的科幻传统来促使人们思考一种感知模式，凭借这种感知，地球上不能找到的东西都同时存在于另外一个星球。以这种方式，冯内古特颠覆了任何一种叙事模式的内在权威性。玛格丽特·阿特伍德继承了冯内古特的策略，她的《盲刺客》(2000) 的书名实际上是一个嵌置于其他现实主义叙事中的科幻故事。与此类似的是托马斯·品钦的《抵抗白昼》(2006)，里面包含了世纪之交流行一时的空心地球叙事。在这里表现出来的不仅仅是个人作品向科幻靠拢的姿态，也不是像约翰·厄普代克的后核时代小说《奔向时间的终点》(1997) 那样进入科幻的有限偏题，而是对小说类型的重新布局，这样一来就不能再把科幻当作边缘的文学类型了。多丽丝·莱辛在她为《什卡斯塔》所写的序言中明确阐述了这个观点。《什卡斯塔》是她的"南船座中的老人星"系列 (1979—1983) 中的第一部小说。在这篇序言中，她宣称科幻"构成了当代文学最具原创性的分支"。这种相互影响可以看作是科幻与非类型小说之间的反馈回路，形成于后现代打破界限和表达规则的大环境之中。托马斯·品钦的《万有引力之虹》对赛博朋克作家造成了明显的影响，凯西·阿克在写作《无感觉者的帝国》(1988) 时从《神经漫游者》中借用了大段文字。

这个相互借用的循环表明科幻作家抱有经常性的意愿，要给他们的创作引入不同渠道的活水。甚至并非因为什么先锋实验而为人所知的山达基创始人L. 罗恩·哈伯德，在1980年为《地球战场》而写的序言中也宣称，“这是一个文类杂糅的时代”。近来科幻小说的宣言和包装都能够体现出科幻作家修改、更新其内容的愿望。1983年，美国数学家兼小说家鲁迪·拉克发表了他的《跨现实主义宣言》，呼吁以科幻和奇幻来复兴现实主义文学。该宣言倒是忠于宣言一贯的政治色彩，呼吁进行表现手法的革命，以打破所谓的共识性现实。80年代末，在编选《符号文本：科幻》（1989）时，鲁迪·拉克和其他编辑收录了当时正红火的科幻迷杂志中的篇目，以此举例说明当代科幻文学的典范性所受到的攻击和瓦解。这本选集中有图片、诗歌、日记、滑稽的时尚指南、粗俗版《弗兰肯斯坦》，以及很多表达同商业科幻主流划清界限的集体诉求的文章。编辑们把这些内容当作后政治和无政府主义的“混沌科幻”的急先锋。

布鲁斯·斯特林出版于1986年的赛博朋克文集《水银墨镜》成功地自创品牌，他的这个标签把信息技术与流行文化、反正统的异见干脆利落地结合在了一起。即使归入此类的作家已经改弦更张了，赛博朋克依然为后来的文类提供了一个重要的参照点。劳伦斯·珀松1999年的《后赛博朋克宣言》标志着转变的来临，这也许是因为评判科幻的人的年龄发生了变化。经过这个转变，科幻中的主人公们不再是孤独的圈外人，而其中的社会也不再是敌托邦。从赛博朋克衍生出了整整一个系列的亚类型。其中有生物朋克，它由描述商业巨头的极权运作的叙事构成，这些叙事关注基因改造这个主题；有血腥朋克，这个新造词形成于80

年代，指的是把恐怖的图像与赛博朋克结合在一起的文学；还有蒸汽朋克，它刻意地把赛博朋克的背景挪到19世纪，以造成时代错乱感。这些文学亚类型的出现是一个健康的征兆，意味着作家们的集体自省和科幻作家对科幻的自我改造。2002年，杰夫·赖曼发表了他的《世俗宣言》，该宣言提出这样一个观点：告别太空主题以及沿袭下来的无法实践的星际旅行主题，转而支持以地球为主题的科幻形式，换言之，要支持一种历史可以追溯到20世纪50年代的社会科学幻想类型。

在关于科幻本质的所有争论中，虽然像奥克塔维娅·巴特勒和塞缪尔·德拉尼这样的作家已经是科幻界鼎鼎有名的人物，但非裔美国人的声音作为一个整体直到近几年才为人所知。1998年，塞缪尔·布兰登学会成立了，以虚构的黑人科幻迷作家命名这个学会，意在促进少数族裔科幻的发展。该学会的奠基人之一是出生于加勒比地区的小说家纳洛·霍普金森，他曾经进行过克里奥尔语写作实验，并尝试把非洲–加勒比的民俗融入科幻。同样是在20世纪90年代，发生了一场被称为“非洲未来主义”的松散的运动，该运动从赛博朋克科幻中吸取了一些灵感。尽管叫未来主义，但是该运动中的辩论家们否认它同未来有关，而是关注黑人身份与当前赛博空间技术之间的调和。因为社会疏离现象已经成为非裔美国人叙事的核心，也因为这些叙事倾向于表达对自由的乌托邦式向往，说所有的非裔美国人的作品都是科幻，基本不算夸大其词。谢里·R. 托马斯的选集《暗物质》(2000、2004）对非洲族裔科幻文学起到了重大的推动作用。这本选集纠正了非裔美国作家在科幻文学领域缺场这一先入为主的看法。书中有的作品的写作年代可上溯至19世纪，通过收录这些作品，该选集展现了一个实际存在但却被忽视了的传统。在被收录于该选集第一卷的文章《黑人和未来》中，沃尔特·莫斯利再次提出科幻是“挑战现状的文学类型”，而这个评价常被当作是科幻的优点而为人所引用。莫斯利这么声称，表明他实际上已经加入了那些把科幻当作分析社会、挑战社会的独门武器的科幻作家的长长队列中。上面提到的选集在美国所承担的功能与纳洛·霍普金森和阿品德·米恩2004年的选集《魂牵梦萦无了时》相似，不过后者的目标要更大些：来自前殖民地的作家面对自己的文化遗产，试图通过科幻来“颠覆被灌输的语言和阴谋”，米恩在编后记中如是说。

科幻批评

我们已经看到科幻文学批评如何从科幻模式自身之中产生，原因就在于科幻作家不断地争论科幻小说的本质。实际上，科幻作家就是科幻领域的一流批评家，因为他们对科幻的每个方面都提出了争论。不考虑早期的孤例，面向普通读者的美国科幻小说批评出现于20世纪50年代。1957年，西里尔·科恩布卢特为一部以科幻的社会学视野为主题的论文集贡献了一篇文章，他是以纽约为大本营的左翼未来主义者组织的成员，在文中他抨击科幻未能够履行自己作为“有影响”的社会批判武器的天职，他认为科幻的批判作用被弗洛伊德象征主义削弱了。对他而言，“有影响”似乎意味着直接地改变人们的社会行为——这是对文学可以快意恩仇地施加影响力的幻想！但是他的批评中令人震惊的观点是科幻能够充当社会批判武器的假设。不得不说科恩布卢特对20世纪50年代的科幻小说过于苛求了，事实是50年代的科幻为了逃避麦卡锡主义的迫害，在当局面前戴上了奇幻的面具。詹姆斯·布利什对该时期的讥刺体现在《他们应该拥有群星》(1956)中，该小说是“飞行的城市”系列中的第一部作品，它把美国描写成独裁国家。在50年代，出版任何讽刺J. 埃德加·胡佛和麦卡锡的小说，都是勇敢的行为，布利什除了写小说，还用小威廉·阿塞林的化名发表了重要的批评。

20世纪70年代出现了学术性科幻批评，斯坦尼斯瓦夫·莱姆和托马斯·M. 迪施等作家都对科幻的狭隘性提出了批评。1979年，《科幻研究》杂志的创办人之一——达科·苏恩文提出了具有开拓性的观点，认为科幻是一种“认知陌生化的文学”。他为回答科幻实践的独特性在哪里做出了开创性的努力。陌生化的概念在文学批评中有着广泛的应用，但是苏恩文赋予了该术语特别的转调，他认为科幻文本被他所谓的“诺瓦姆”[①]所支配。“诺瓦姆”这个名词可能给人别扭之感，其意思是概念的具体化或实体化，这个术语能够涵盖各种创新——包括发明创新、新背景、与读者世界观相去较远的新关联等。苏恩文除了主张要对科幻进行严密的批判性思考，还强调了视角的重要性，以及在读者

① 诺瓦姆(novum)，拉丁语，意思是“新”。——译注

对世界的感觉与科幻作品所呈现的不同真实之间进行互动的重要性。

最后值得一提的是苏恩文的批评文章。他认为不应该混淆科幻与乌托邦两个领域，但是这两者在发展过程中有着密切的关联，后者根据时代历史的迫切要求而发生变化。另一位马克思主义批评家——弗雷德里克·詹姆逊的文章中也出现了类似的关联，他一贯地把科幻同当时社会经济的广阔背景联系在一起。詹姆逊把后现代主义盛行的当代社会理解为以无深度、表面意象或假象的美学为特征的时代。他对文化无孔不入的本质的洞察，意味着具有批判思维的读者必须成为“考古学家”，去挖掘隐藏在叙事背后的嵌入式叙事，所以他那关于科幻的重要著作就叫《未来考古学》(2005)。詹姆逊不断提醒读者，每个历史时刻都包含着期待，科幻在这些希望和恐惧的表达中扮演着特殊的角色，例如，把对某种倾向的感知以预言的方式投射到敌托邦式的未来。希纳·米维尔从苏恩文等人的马克思主义传统中汲取了养分，把科幻的概念及科幻的表达规则、接受规则再次社会化，而卡尔·弗里德曼用他的“认知效果”来进一步拓展苏恩文的分析。对弗里德曼而言，如果说科幻和奇幻小说都试图说服读者去相信，那么这些小说模式之间的关系以及这些模式同历史之间的关系就是不可割裂的。

马克思主义一脉的科幻批评及其变种已被证明是最卓有成效的批评方式，尤其是在陌生化概念的应用方面。女性主义、后结构主义、酷儿理论的科幻批评集体解构了性别、身份和性的表达方式；这些表达方式暗示某些结构是“自然的”，这在20世纪60年代之前创作的那些科幻作品中尤为常见。因此可以说，科幻批评的新模式呈现了那十年中乌托邦、女性主义、反威权主义运动澎湃巨浪的余威。针对性在科幻中的表现，最清晰的批评之一来自非裔美国小说家塞缪尔·德拉尼，他通过科幻小说提供给读者的密码或线索对之展开分析。他强调科幻文本的符号学，这代表了一种读者反应批评，与语言表达的细节密切相关。德拉尼在分析性阅读与他对宝石的长期痴迷之间做了个类比：这两者都是美丽的东西，都会折射光芒。正如宝石有分光的作用，德拉尼的科幻批评也试图解构科幻叙事。

在本书中，我强调过科幻电影同科幻小说之间的密切关联，虽然有人认为前者基本是后广岛时代的现象。这里要再一次提到马克思主义，马克思主义在文学批评中的应用对于分析科幻电影表现手法的本质很有用。科幻理论领军人物维维安·索布恰克曾经探索过这些表现手法，它们分别是意象优先于对白、反浮士德式交易的倾向性、对异族的不断变化的描述、深空与惊奇的关联性设定等。自20世纪70年代以来，科幻电影再次阐明人们沉浸在无深度的电子文化中这个事实。因为异化越来越被当作是存在的一种状态，异族这个概念也几乎逐渐淡出了人们的视线：我们的身体和意识已经技术化，我们对历史的感觉已经淡薄。有人曾经说，电影和小说的下场就是呈现出拼贴的倾向［如火星人在《世界之战2》（2008）中以机器螃蟹这一合成形象出现］，并通过更加宏伟的场面和更加精湛的特效来更多地剥削观众的情绪。在比喻失去传统意义的情况下，当代科幻小说内部文类界限分崩离析是否意味着文本含义的瓦解？对于这个问题，争议依然存在。然而，不管个体的作品如何具有实验性，它也能够通过与科幻小说在几十年间累积形成的“超级文本”互动这一途径而产生意义，当然，这也并非获取意义的唯一途径。

译名对照表

A

A Trip to the Moon《月球旅行记》

Acker, Kathy. *Empire of the Senseless* 凯西·阿克:《无感觉者的帝国》

Adams, Douglas. *The Hitchhiker's Guide to the Galaxy* 道格拉斯·亚当斯:《银河系搭车客指南》

Afrofuturism 非洲未来主义

Aldiss, Brian 布赖恩·奥尔迪斯

Barefoot in the Head《脑袋里的裸足》

Alien series of films "异形"电影系列

alien encounters 遭遇异族

alien invasions 异族入侵

Alphaville《阿尔法城》

alternate histories 或然历史

Amazing Stories (magazine)《惊奇故事》(杂志)

American Civil War, Alternate history of 美国内战的或然历史

Americanization 美国化

Amerika, Mark. *GRAMMATRON* 马克·阿梅里克:《文法机》

androids 人形机械

Angenot, Marc 马克·安热诺

anthropology 人类学

Apollo space programme "阿波罗"太空计划

appearance of aliens 异族的外表

arcology 生态型城市

Armageddon《世界末日》

Arnold, Edwin Lester. *Lieutenant Gulliver Jones* 埃德温·莱斯特·阿诺德:《格利弗·琼斯中尉》

Asimov, Isaac 艾萨克·阿西莫夫

Bicentennial Man《两百岁的人》

Foundation Trilogy《基地三部曲》

Astor IV, John Jacob. *A Journey in Other Worlds* 约翰·雅各布·阿斯特四世:《异世界之旅》

Astounding Science Fiction (magazine)《惊异科幻》(杂志)

Atheling Jr, William 小威廉·阿塞林

atomic bombs 原子弹

atomic structure 原子结构

Atterley, Joseph. *A Voyage to the Moon* 约瑟夫·阿特利:《月亮之旅》

Atwood, Margaret 玛格丽特·阿特伍德

Blind Assassin, the《盲刺客》

Handmaid's Tale, the《使女的故事》

Oryx and Crake《羚羊与秧鸡》

Auel, Jean M. *Earth's Children* 让·M. 奥尔:"地球之子"系列

automata 自动机

avatars 化身

awards 奖项

B

D

N

S

T

U

V

W

Y

Z

扩展阅读

Introduction

John Clute and Peter Nicholls's *New Encyclopedia of Science Fiction* (London: Orbit, 1993) and John Clute's *Science Fiction: The Illustrated Encyclopedia* (London: Near Fine, 1995) are essential reference works. Three valuable histories of science fiction are Brian W. Aldiss and David Wingrove's *Trillion Year Spree* (Kelly Brook: House of Stratus, 2001); Edward James's *Science Fiction in the Twentieth Century* (Oxford: Oxford University Press, 1994); and Brian Stableford's *The Sociology of Science Fiction* (San Bernardino: Borgo Press, 2007). Among numerous other useful reference works are M. Keith Booker and Anne-Marie Thomas (eds.), *The Science Fiction Handbook* (Malden, MA, and Oxford: Wiley-Blackwell, 2009); Mark Bould et al. (eds.), *The Routledge Companion to Science Fiction* (London and New York: Routledge, 2009); Edward James and Farah Mendelson (eds.), *The Cambridge Companion to Science Fiction* (Cambridge: Cambridge University Press, 2003); and David Seed (ed.), *A Companion to Science Fiction* (Oxford: Blackwell, 2005). Joanna Russ's comments on science fiction can be found in *The Country You Have Never Seen* (Liverpool: Liverpool University Press, 2007). Istvan Csicsery-Ronay, *The Seven Beauties of Science Fiction* (Middletown, CT: Wesleyan University Press, 2008) presents a series of far-reaching essays on SF. Phil Hardy's *Overlook Film Encyclopedia* (New York: Overlook Press, 1995) is a valuable reference work.

Chapter 1

John Rieder, *Colonialism and the Emergence of Science Fiction* (Middletown, CT: Wesleyan University Press, 2009) explores the relation between science fiction and empire. Arthur C. Clarke's essays and reviews on science fiction are collected in *Greetings, Carbon-Based Bipeds!* (London: Voyager, 1999). A valuable source on *2001* is James Agel's *The Making of Kubrick's 2001* (New York: New American Library, 1970). J. G. Ballard's comments on inner space are collected in his *A User's Guide to the Millennium* (London: Flamingo, 1997).

Chapter 2

Useful commentary on the SF films of the 1950s can be found in Peter Biskind, *Seeing Is Believing: How Hollywood Taught Us to Stop Worrying and Love the Fifties* (New York: Henry Holt, 1983). Jenny Wolmark, *Aliens and Others* (Hemel Hempstead: Harvester Wheatsheaf, 1993) explores the relation of the alien to gender, as does Patricia Meltzer, *Alien Constructions* (Austin, TX: University of Texas Press, 2006). Gwyneth Jones's explanation of her Aleutians can be found in her *Deconstructing the Starships* (Liverpool: Liverpool University Press, 1999). Walter E. Meyer, *Aliens and Linguistics* (Athens, GA: University of Georgia Press, 1980) discusses the languages of different aliens in SF.

Chapter 3

Lewis Mumford's *Technics and Civilization* (1934) has been reprinted by Chicago University Press (2010). Graeme Gilloch, *Myth and Metropolis* (London: Polity Press, 1997) gives valuable commentary on Walter Benjamin and the city. Roger Luckhurst, *Science Fiction* (Cambridge: Polity Press, 2005) focuses its history on technology. Gary Westfahl, *The Mechanics of Wonder* (Liverpool: Liverpool University Press, 1998) discusses in detail Hugo Gernsback's role in the evolution of SF. Marc Angenot's introduction to the semiotics of SF can be found in his essay 'The Absent Paradigm', *Science Fiction Studies*, 6(1) (March 1979), pp. 9–19. Isaac Asimov, *Asimov on Science Fiction* (New York: Doubleday, 1981) collects essays on technology in SF and related topics. David Hartwell and Kathryn

Cramer (eds.), *The Ascent of Wonder* (London: Orbit, 1994) collects examples of hard science fiction, as does their subsequent volume, *The Hard SF Renaissance* (Pleasantville, NY: Dragon Press, 2002). Vivian Sobchack, *Screening Space*, 2nd edn. (New Brunswick: Rutgers University Press, 2001) gives essential commentary on relevant science fiction films. Chris Hables Gray (ed.), *The Cyborg Handbook* (New York and London: Routledge, 1995) contains many important pieces on this subject. Donna Haraway's famous 'A Cyborg Manifesto: Science, Technology, and Socialist-Feminism in the Late Twentieth Century' originally appeared in *Simians, Cyborgs and Women: The Reinvention of Nature* (London and New York: Routledge, 1991), pp. 149–81; it has subsequently appeared in numerous collections. Scott Bukatman, *Terminal Identity* (Durham, NC: Duke University Press, 1993) explores the emergence of the virtual subject in postmodernism. J. P. Telotte, *Replications* (Urbana, IL: University of Illinois Press, 1995) surveys robotics in the SF cinema, and David Porush, *The Soft Machine* (New York and London: Methuen, 1985) discusses a range of texts dealing with cybernetics. Mark Dery, *Escape Velocity* (London: Hodder and Stoughton, 1996) discusses the cyberculture of the late 20th century.

Chapter 4

Darko Suvin, *Positions and Presuppositions in Science Fiction* (London: Macmillan, 1988) contains his definition of utopias. His approach is followed in Tom Moylan, *Scraps of the Untainted Sky* (Boulder, CO: Westview Press, 2000). Krishan Kumar, *Utopia and Anti-Utopia in Modern Times* (Oxford: Blackwell, 1987) relates key modern utopias and dystopias to their political context. Philip E. Wegner, *Imaginary Communities* (Berkeley, CA: University of California Press, 2002) covers a much broader time span and also relates utopian writings to history. John Carey (ed.), *The Faber Book of Utopias* (London: Faber, 2000) gathers some classic examples of the genre. Pamela Sargent (ed.), *Women of Wonder: Science Fiction Stories by Women about Women* (New York: Random House, 1975), and *More Women of Wonder: Science Fiction Novelettes by Women about Women* (New York: Vintage, 1976) were pioneering anthologies in their field. Joanna Russ discusses the predicament of the female SF writer in *To Write Like a Woman*

(Bloomington, IN: Indiana University Press, 1995), and Ursula Le Guin's main comments on science fiction are collected in *The Language of the Night* (New York: Putnam, 1979). Eric Leif Davin, *Partners in Wonder* (Lanham, MD: Rowman and Littlefield, 2006) questions the received image of women's presence in science fiction 1926–65, arguing that it was far more extensive than widely supposed. Michel Foucault's 1967 paper 'Of Other Spaces' is available at <http://foucault.info/documents/heteroTopia/foucault.heteroTopia.en.html> (accessed 10 January 2011).

Chapter 5

H. G. Wells, *The Discovery of the Future* (London: Polytechnic of North London Press, 1989) reprints his famous essay. John Gosling, *Waging 'The War of the Worlds'* (Jefferson, NC: McFarland, 2009) discusses the radio adaptation of Wells's famous novel. Nicholas Ruddick, *The Fire in the Stone* (Middletown, CT: Wesleyan University Press, 2009) surveys the mainly Darwinian tradition of prehistoric fiction. I. F. Clarke, *Voices Prophesying War*, 2nd edn. (Oxford: Oxford University Press, 1992) gives an historical survey of future wars from 1763 to 3749. Related in subject, H. Bruce Franklin, *War Stars* (New York: Oxford University Press, 1988) examines the history of the super-weapon in American fiction. Paul Brians, *Nuclear Holocausts* (Kent, OH: Kent State University Press, 1987), with its 2008 edition at http://www.wsu.edu/~brians/nuclear/, are essential guides to fiction from 1895 onwards that deals with atomic war. Susan Sontag's essay 'The Imagination of Disaster' first appeared in *Against Interpretation* (New York: Farrar, Straus and Giroux, 1966) and has since been published in numerous collections. Samuel Delany, *Silent Interviews* and *The Jewel-Hinged Jaw*, revised edn. (Middletown, CT: Wesleyan University Press, 1994 and 2009) collect most of Delany's writings on SF. George E. Slusser and Colin Greenland (eds.), *Storm Warnings* (Carbondale, IL: Southern Illinois University Press, 1987) assembles essays on how SF confronts the future; and Fredric Jameson, *Archaeologies of the Future* (London and New York: Verso, 2005) presents a sophisticated Marxist interpretation of utopian and other SF. W. Warren Wagar, *Terminal Visions* (Bloomington, IN: Indiana University Press, 1982) is an important study of apocalyptic fiction.

Chapter 6

Mike Ashley, *The Time Machines*, *Transformations*, and *Gateways to Forever* (Liverpool: Liverpool University Press, 2000, 2005, and 2007) together make up the standard history of science fiction magazines. Michael Moorcock (ed.), *New Worlds: An Anthology* (London: Flamingo, 1983) gathers a cross-section of representative pieces from his journal. Mark Bould and China Mieville (eds.), *Red Planets* (London: Pluto Press, 2009) contains some of Mieville's statements on SF. Nalo Hopkinson and Uppinder Mehan (eds.), *So Long Been Dreaming* (Vancouver: Arsenal Pulp Press, 2004) is an important collection of postcolonial science fiction. Sheree R. Thomas and Martin Simmons's *Dark Matter* (New York: Time Warner, 2000) and Sheree R. Thomas's *Dark Matter: Reading the Bones* (New York: Time Warner, 2005) together constitute ground-breaking collections of African American science fiction. Studies of religion in SF include Frederick A. Kreuziger, *The Religion of Science Fiction* (Bowling Green, OH: Popular Press, 1982) and on its relation to philosophy, see Stephen R. L. Clark, *How To Live Forever* (London and New York: Routledge, 1995) and Susan Schneider (ed.), *Science Fiction and Philosophy* (Malden, MA, and Oxford: Wiley-Blackwell, 2009). Bruce Sterling (ed.), *Mirrorshades* (Westminster, MD: Arbor House, 1986) is the formative cyberpunk anthology. Darko Suvin, *Metamorphoses of Science Fiction* (New Haven, CT: Yale University Press, 1979) contains Suvin's classic formulations on this body of fiction. Patrick Parrinder (ed.), *Learning from Other Worlds* (Liverpool: Liverpool University Press, 2000) is a collection of critical essays on Suvin's writings. Carl Freedman, *Critical Theory and Science Fiction* (Middletown, CT: Wesleyan University Press, 2000) contains his discussion of the 'cognition effect'. The main critical journals on science fiction are *Science Fiction Studies* and *Extrapolation* in the USA, *Foundation: The International Review of Science Fiction* in Britain.